PALAVRAS CRUZADAS

Guiomar de Grammont

PALAVRAS CRUZADAS

Rocco

Copyright © 2015 *by* Guiomar de Grammont

Direitos desta edição reservados à
EDITORA ROCCO LTDA.
Av. Presidente Wilson, 231 – 8.º andar
20030-021 – Rio de Janeiro – RJ
Tel.: (21) 3525-2000 – Fax: (21) 3525-2001
rocco@rocco.com.br
www.rocco.com.br

Printed in Brazil/Impresso no Brasil

preparação de originais
ROSANA CAIADO

CIP-Brasil. Catalogação na fonte.
Sindicato Nacional dos Editores de Livros, RJ.

G771p Grammont, Guiomar de
         Palavras cruzadas/Guiomar de
         Grammont. – 1ª ed. – Rio de Janeiro:
         Rocco, 2015.

         ISBN 978-85-325-2987-9

         1. Romance brasileiro. Título.

                    CDD–869.93
15-20297   CDU–821.134.3(81)-3

Às famílias de todos os
desaparecidos políticos do Brasil,
sobretudo às suas mães e irmãs

"Seu irmão jazia insepulto; ela não quis que ele fosse espedaçado pelos cães famintos ou pelas aves carniceiras."
Antígona, Sófocles

I

"Parece um sonho agora, o mato cresce nas picadas abertas. As feridas tornaram-se cicatrizes, irão desaparecer. Como os nomes. Vão sendo esquecidos, pouco a pouco, com o que não queremos lembrar. Quando voltei ao acampamento, fui ao esconderijo no oco da grande árvore tombada sobre o rio. Ela ainda estava lá, com seu tronco rugoso. As árvores choram e morrem, mas seus corpos permanecem. O lugar estava vazio. As armas desapareceram com os corpos. Encontrei apenas as tábuas, formando prateleiras, para que as coisas não ficassem úmidas e se perdessem. Nossa casa em cinzas, nem vermes havia, os bichos devoraram os restos do lixo que os soldados deixaram. Bebi a água de um cantil abandonado, o gosto vinha de uma caverna profunda, mas ainda era água. Molhei as feridas do meu corpo. Em um buraco no chão, junto à parede da casa, dentro de uma caixa de madeira, estava este caderno onde você anotava tudo. Sujo, algumas páginas rasgadas. Havia sangue na capa. O sangue secou e a capa se desfez com ele, mas estava lá. Os soldados não o descobriram. Os garranchos apagados nas últimas frases escritas misturaram-se à terra e ao sangue. Então chorei, pela primeira vez, depois do longo tempo perdido na mata. Bebo o sal das minhas lágrimas, minha fronte arde em brasas.

"Conto a você tudo que passei depois de sua partida, pois, se eu não sobreviver, um dia, quem sabe, talvez você volte aqui e acabe encontrando esse caderno no lugar em que o deixou."

Sofia lia, e se sentia como se fosse a interlocutora para quem ele escrevia.

"Mais de uma semana depois que nos escondemos na mata, uma tropa do exército ocupou nossa casa. De longe, de cima de uma árvore bem alta, os observamos: cerca de trinta soldados. Queimaram as duas casas que construímos, os paióis de arroz e milho e cortaram todos os pés de frutas de nosso pomar. Distribuíram tiros de fuzis FAL em direção à mata, sem ousar penetrá-la, como se pudessem nos pegar assim, com balas lançadas a esmo. Depois de alguns dias, a área começou a ser sobrevoada por helicópteros. Eles faziam voos rasantes sobre as margens dos igarapés, atirando com metralhadora. Fugimos e ficamos juntos por um tempo, ocultos na floresta, éramos dezesseis companheiros, querida, alguns de outros destacamentos se juntaram ao nosso. Era difícil alimentar tanta gente. Além disso, precisávamos ter cuidados redobrados com a fumaça e o fogo, para não sermos percebidos pelos helicópteros. Tínhamos que pegar água em um local mais afastado, com cautela, pois as grotas eram visadas.

"Os soldados contrataram todos os bate-paus da região, e a caçada começou. Eles pareciam estar em toda parte, com helicópteros, lanchas e aviões de bombardeio. Era flagrante a desigualdade entre nossas forças. O exército lançava, de avião, milhares de papéis com apelos para que nos rendêssemos, dizendo que nossa derrota era inevitável. As cidades vizinhas estavam ocupadas por eles. Escondidos, sofríamos com a malária e com a diarreia, consequência das inevitáveis más condições de higiene, pois acampar nas margens do rio seria perigoso. Depois de algumas semanas, nosso ânimo começava a arrefecer.

"Fui caçar com um companheiro. Nos escondemos atrás de uma árvore próxima ao rio, corpos contra o vento, como os caboclos nos ensinaram, você sabe, para que os animais não percebessem nossa presença. Dali a pouco, um grupo de capivaras apareceu para comer as plantas das margens. Miramos com cuidado e atiramos. Não conseguimos pegar a caça. Mal nos levantamos para buscá-la, meu companheiro foi alvejado. Eu nem consegui ver o que houve com ele, apenas corri, o mais rápido que pude, na direção contrária à do nosso acampamento, onde estavam os outros. Não pensava em nada, só em afastar os soldados dali. Ao anoitecer, exausto, percebi que conseguira despistá-los, mas tinha um problema pior a resolver: não tinha a menor ideia de onde estava. Só havia o escuro.

"Tentei soprar o cano da espingarda, fazendo sons que pudessem chegar até os companheiros. Em vão. Estava com muita fome. Avaliei o que tinha no bornal: meia caixa de fósforos, uma lanterna com pilhas, material para limpeza de armas, prato, colher, um pacote de sal e três cartuchos de 16mm. Felizmente, mantivera bem segura a arma ao escapar e tinha, à cintura, amarrados no cinto, meu facão e um revólver calibre 38, com seis balas. Poderia sobreviver com aquilo? Por quanto tempo? Procurei um local para dormir antes que anoitecesse completamente. Mas o que poderia ser um lugar seguro, com onças e cobras sempre à espreita? Sem os meus companheiros, a floresta parecia assustadora. Pensei em você e em como me afligiam os seus medos, a necessidade de te dar coragem me fazia mais forte. Mas nunca tinha vivido uma situação tão desesperadora como aquela. Uma úmida obscuridade reinava, mesmo de dia, pois as árvores eram tão altas que era difícil divisar o céu por entre as copas. As castanheiras se destacavam, altaneiras.

"Lembrei-me do que o chefe dizia, enquanto caminhávamos, abrindo picadas com o facão: 'A selva é uma potência. Dá uma sensação de mistério, de encantamento. No começo, é inimiga, mas você pode transformá-la em aliada. É preciso falar a linguagem dela para dominá-la. Aos poucos, você irá descobrir as entranhas da floresta, suas virtudes. Vai aprender a fazer com que ela te ofereça tudo de que precisa.' Parou e nos fez escutar, por alguns momentos: 'Ouçam.' Ficamos muito quietos e escutei. O vento nas folhas, a algaravia dos papagaios, curicas, periquitos e araras. Mais constante, ao longe, o que parecia ser o coaxar de sapos. 'Percebem?', o chefe perguntava. 'Se você escutar, a mata revela onde há comida, onde fica a água, que animal se aproxima ou mesmo se há algum ser humao por perto.'

"A noite adensava a escuridão. Meu coração pesava. Pensar em você me fazia menos só. Onde você está, agora? Estou feliz por você ter partido. Fez o aborto ou não? Eu não queria, você sabe. Me consola a ideia de que você pode ter tido nosso filho. Estou folheando as páginas que você escreveu, querida. Tenho esperança de que você me leia, de que esse caderno em que escrevemos, em momentos diferentes da nossa história no Araguaia, um dia possa ser lido por você. Se eu não sobreviver, quero que saiba o que vivi. Quero que saiba que, nessa primeira noite na mata, foi você quem me salvou. Ouvi sua voz, dizendo: 'Olhe as árvores, há muito aconchego nelas...' Olhei em volta e decidi deitar-me em um braço acolhedor de uma árvore imensa que tombava, próximo do chão. Dormi com a mão na lanterna, com medo de ser surpreendido por algum animal. Estava exausto, me esforcei para me acalmar e recuperar a sensação de conforto que tive quando chegamos ao Araguaia, ao me acostumar com a noite na floresta. Apesar do buraco em meu estômago, estava tão cansado que consegui dormir."

II

"Acordei ao amanhecer com grossos pingos de chuva caindo sobre meu rosto. Me abriguei sob o tronco onde havia dormido e ele era tão grosso que consegui ficar seco assim, embora tivesse que ficar agachado até que a chuva acabasse. Felizmente, passou logo. Fui, então, procurar uma clareira, pois sabia que, após a chuva, esse era o melhor jeito de encontrar jabutis. Encontrei vários deles tomando sol, sob um cajueiro, coalhado de cajus de janeiro. Comi alguns dos frutos avermelhados, me nutri de suas vitaminas. Você sabe que os cajueiros e as cajazeiras são ótimas esperas, lugares para encontrar boa caça, por isso decidi ficar um pouco mais ali. Gastei alguns palitos de fósforo tentando fazer fogo nos gravetos molhados. Finalmente, consegui. Peguei um dos jabutis, assei-o, depois de matá-lo com pauladas, pois não suportava a ideia de cozinhá-lo vivo em seu próprio casco, como os nativos fazem. Comi até me fartar e ainda guardei uns pedaços de carne moqueada para levar comigo. Me senti muito melhor depois de comer. Cheguei a experimentar uma sensação de poder. Eu não era tão indefeso. Achei que já sabia o suficiente para sobreviver ali, mas não tinha a menor ideia de que o pior estava por vir.

"Comecei a procurar os companheiros e essa passou a ser minha única preocupação, além da sobrevivência. Não sabia onde estava, mas me esforçava por manter algum senso de direção. Tentava observar o sol e me lembrar minimamente do mapa da região, do que é que eu podia recordar dos pontos cardeais, que cidade ficava ao sul e outras informações para me orientar. Procurava também observar cada ponto por onde passava, para saber se estava andando em círculos. Caminhando com atenção, seria capaz de retornar a algum ponto, se fosse preciso.

"No segundo dia, me deparei com um grupo de macacos. Resolvi matar um para saciar a fome. Quem sabe os companheiros não ouviriam o tiro. Os soldados, seria difícil, pois eles não tinham coragem de se embrenhar na mata. Troquei o balote por um cartucho de chumbo e atirei. O macaco caiu, mas os outros começaram a fazer uma gritaria ensurdecedora e o que parecia ser o líder fez menção de me atacar, guinchando muito. Que coragem eles tinham, na defesa do bando! Lembro que você os observava e me dizia: 'Mais do que a maioria dos homens.' Peguei paus no chão e os sacudi nos braços bem alto para parecer maior e fazê-los se afastarem. Consegui meu intento com certa dificuldade. Tive medo de que eles me atacassem em grupo. Se conhecessem sua própria força, acabariam comigo em segundos. Esperei um pouco, temendo que voltassem. Depois, fui procurar o macaco que havia matado. Esfolei-o e o corpo ficou idêntico ao de um bebê. Você se lembra de quando os camaradas caçavam macacos, nós dois evitávamos comê-los por causa disso, sem contar aos outros a razão, mas agora eu não estava mais em condição de escolher. Armei uns galhos de pau preto, que chamam maxirimbé.

"As labaredas me deram conforto pela primeira vez desde que me perdera. Impressionante o poder do fogo, de aquecer e dissolver temores. Pena não podermos mais fazer fogo sempre que queremos. Tive que abrir um buraco no chão para que a fumaça não fosse vista. Assei o bicho e o comi, inclusive a cabeça, tirando cada pedaço do osso, até chegar ao miolo. A fome fez aquela carne parecer deliciosa.

"Continuei a caminhar. Logo nos primeiros dias percebi que não devia andar muito à tarde, pois escurece rápido demais por causa das árvores e fica quase impossível procurar um bom local para passar a noite. Era a estação da cheia, chovia copiosamente todos os dias. Na tormenta, as árvores pareciam dançar, rangiam, movendo-se, como se rugissem contra forças que as prendiam ao chão. Lembro de como eu te abracei tantas vezes, quando você tremia, assustada com a força da tempestade na floresta. As copas, agitadas pelo vento, soltavam golfadas de água a cada momento, como cachoeiras. Caíam galhos por todos os lados; vez ou outra, um tronco gigantesco tombava, com estrondo. Minha imaginação abalada julgava serem bombas atiradas ao meu lado. Abracei-me, com força, a um tronco sólido, o corpo inteiramente molhado, em um momento em que o temporal teimava arrastar-me para o perigo. Atrás de mim uma árvore se partiu e toda sua folhagem precipitou-se, ruidosa, contra o solo.

"Você sabe como fica viçosa a mata depois da chuva. Esse cheiro me lembra o dia em que deitei com você em uma clareira, depois de arrumar com cuidado o lugar, tirando os gravetos e forrando o chão com as plantas mais tenras que pude encontrar, como um pássaro fazendo o ninho para seus filhotes. Um leito para você, querida. Hoje, para continuar, tiro forças da lembrança do seu corpo iluminado pelo sol. Um casal de borboletas surgiu e, numa dança de matizes, espelhava a delicadeza das nossas carícias. Lembra como rimos? Tudo parecia promissor e doce. Estávamos felizes.

"Foi essa lembrança que me salvou numa noite em que, sem perceber, dormi perto de um formigueiro. Não havia como me mexer, acordei com formigas gigantescas passando por cima de mim. Resolvi ficar o mais quieto que pudesse e esperar o amanhecer para sair dali. Eu vivia e revivia os nossos momentos de amor, tentando respirar o mais levemente possível. Elas não fizeram nada. Fui aprendendo, aos poucos, que para sobreviver precisava me integrar à floresta e respeitá-la, tratá-la com o máximo de cuidado e silêncio.

"Nesse instante, quando estou seguro escrevendo nesse esconderijo, perto da nossa casa, me parecem ainda mais intensos os momentos que passei perdido na mata."

III

"Eu marcava os dias no cabo da arma. Estava perdido há mais de uma semana, a realidade começava a me parecer etérea. Tornei-me pura imanência, como um bicho. Só existia o presente, minha vida se resumia aos cuidados para minha defesa e à busca por comida. Não era fácil caminhar na floresta e era arriscado usar o facão. Além de ser visto, eu deixaria rastros demais. Eu margeava os riachos, evitando as partes em que o rio se abria, com medo de ser percebido pelos helicópteros. Quando o cipoal se fechava demais, eu andava pela água, tentativa, às vezes, impossível, pois o mato tomava também o rio. De momento a momento eu caía em depressões do fundo, e me molhava inteiro. Nesses dias, à noite, eu tiritava de frio. Certa vez vi uma sucuri se esgueirando a poucos passos. Machuquei-me nas pedras ao escapar dela. Se ela se enrodilhasse em mim, frágil como eu estava, conseguiria acabar comigo facilmente.

"Uma noite, a neblina tomou toda a floresta. Dormi encostado a uma árvore e acordei, no meio da noite, com uma espécie de rugido, seguido de um ronronar estranho, algum animal que eu não tinha ouvido ainda. Achei que era uma jaguatirica. Quando me levantei, porém, às primeiras fagulhas de luz, vi os rastros na areia molhada às margens do riacho. Medi com a mão e percebi, aterrorizado, que o animal que me velara o sono era uma onça! Convenci-me, então, de que o povo do lugar tinha razão quando nos dizia que a onça não ataca o homem quando há caça abundante, a não ser que esteja com muita fome, ou ferida. Não deve ter me achado muito saboroso, pensei, magro como estava, mas feliz por ainda conseguir gracejar naquelas circunstâncias. Dormi, repisando na memória a canção do guerrilheiro do Araguaia para me acalmar. Os versos que cantávamos, alegres, na hora da colheita, não tinham nada a ver com a situação que eu enfrentava agora, parecia ironia. Eu esquecia, pulava pedaços, mas repetia, como um mantra:

Nas selvas sem fim da Amazônia
Vive e combate o guerrilheiro
Valente e destemido
Sua bandeira fulgente é lutar
Tudo enfrenta com denodo
Para livrar da exploração
O povo pobre, a terra amada
E construir nova nação
Não dá trégua aos soldados
Para derrotar os generais
Emboscar, fustigar dia após dia
Atacar, sempre mais, sempre mais!

"A ordem dos versos me escapava. Agora, lembro-me menos ainda do poema:

Lutador audaz do Araguaia
Rebelado no sul do Pará
Junto ao povo, unido e armado,

Na certa um dia vencerá.
Sua tarefa gloriosa
Realiza com ardor
Avançar, empunhar todas as armas
Contra o inimigo opressor!

Ama a vida, despreza a morte
E vai ao encontro do porvir
Está pronto pro combate
Em dia claro ou noite escura...
Em dia claro, noite escura...

"Nessa parte, sempre, a memória me falhava, e não havia meio de recordar, porque a noite fechada sobre mim parecia uma provação interminável. Agora, escondido, quando o desânimo se abate sobre mim, o ufanismo ingênuo desses versos parece queimar minha garganta, tenho dificuldades em balbuciá-los. Tentava me distrair com o ziguezaguear dos vaga-lumes. Lembra do nosso encantamento ao observá-los na noite? Era como se as estrelas descessem para brincar conosco. Era alguma vida na escuridão, e me fazia lembrar de você, embora a saudade doesse tanto. Estava tão fraco que não me importava quando eles se embaraçavam no meu cabelo ou entravam pelos farrapos das minhas roupas e pousavam sobre meu corpo. Antes os vaga-lumes do que os tatuquiras, que me ferroavam, fazendo a pele inchar, e causavam um incômodo terrível."

IV

"No dia seguinte, louco de fome, consegui matar uma ave grande que os caboclos chamam de jacu. Depenei-a, mas, quando fui assá-la, percebi, alarmado, que só me restavam dois palitos de fósforo. Procurei por todo lado um pouco de palha seca. Acendi o fósforo, o fogo pegou, mas, em segundos, para meu desespero, a umidade o venceu. Juntei mais palha e acendi o último fósforo, com todo cuidado de que era capaz. Agora é tudo ou nada, pensei, ou falei, pois vinha falando sozinho há algum tempo. Para não me desesperar, fingia falar com você, a tal ponto que, às vezes, achava que realmente você estava ao meu lado. Regozijei-me, deu certo! Assei o pássaro e fiquei tão feliz que quase o comi inteiro, sem me precaver para os outros dias. Só consegui guardar um pedaço e, ali, já tinha aprendido o valor de economizar comida.

"Sem poder cozinhar a caça, parei de usar minhas armas. Dias depois constatei que minha espingarda estava enferrujando. Limpei-a, com cuidado, e comecei a tentar limpá-la com mais frequência. Encontrei um pé de cupuaçu. Colhi algumas frutas e comi. De repente, comecei a sentir moleza e percebi que estava ardendo em febre. Felizmente, tinha remédios comigo, mas passei um dia e uma noite prostrado, delirando. Mais do que nunca, precisava me alimentar, embora um desânimo enorme tomasse todo o meu corpo. Andei um pouco em volta, encontrei ovos de azulão e bebi. Fiz um esforço para vencer a moleza e continuar caminhando. Cheguei a um bosque de açaí e comi os frutos caídos no chão. Foi o que me salvou. Descasquei a fruta e esmaguei-a, o sumo cor de vinho soltou-se. Você não conhecia o açaí, lembro dos seus olhos brilhando quando te fiz provar pela primeira vez. Havia também palmito por ali. Cortei uns pedaços com o facão e comi junto com o açaí, um alimento maravilhoso, no estado em que me encontrava. Começou a chover. Não consegui me abrigar e fiquei ensopado, sem conseguir me deitar, de tanto frio. Estava morto de cansaço, mas o frio era maior ainda. De repente, acordei com o baque do meu próprio corpo a cair. Tinha adormecido em pé. Levantei-me de novo, mas, perto do nascer do sol, caí. Com a pouca luz que as árvores deixavam entrever, reparei que meu corpo estava arroxeado de frio. Foi minha pior noite até então. Tirei toda a roupa e comecei a andar nu até uma clareira onde pude estendê-la e esperar secar. Coloquei a munição para secar também e limpei com cuidado minhas armas. Fazia-o demorada e minuciosamente. Tinha todo o tempo do mundo e precisava de tarefas para me sentir vivo.

"Fiquei ali por um tempo, com medo de ir em frente e passar de novo por agruras semelhantes. De noite, acordei com alguém chamando o meu nome. Achei que era você. Ouvi conversas e gargalhadas. Levantei-me, de um pulo, fiquei em pé longos instantes, no escuro, sobressaltado, mas não escutava nada. Nenhuma voz, ninguém. Logo percebi que era miragem provocada pela febre. De manhã, avaliei o entorno e me certifiquei que, de fato, ninguém estivera ali. Encontrei uns pés de cacau e comi. Senti-me revigorado. Lembra de como aprendemos a assar os caroços para retirar a substância com que se faz o chocolate? Era muito amargo, mas um energético poderoso, e ficava delicioso misturado ao leite de castanha-do-pará, com açúcar. Você adorava, eu tentava te beijar quando seus lábios estavam molhados de chocolate, você não deixava, rindo. Comecei a rir sozinho. Tentei lembrar o sabor do açúcar e não consegui. Tudo parecia distante. Felizmente, a forte crise de malária estava debelada, agora. Alimentava-me só de frutas há alguns dias e comecei a sentir um desejo incontrolável de comer carne. Meu sangue tinha ficado debilitado pela doença e reclamava os nutrientes necessários para se refazer. Havia jabutis também, como de hábito, secando-se ao sol, no mesmo lugar em que estendi as roupas. Peguei um carumbé, quebrei o casco duro com o facão e, como não tinha mais fósforos, tentei comer sua carne crua, mas era muito dura e, mesmo eu estando quase morto de fome, tinha aspecto e gosto repugnantes. Comecei a chorar, parecia um longo pesadelo o que eu estava vivendo ali. Eu gritava o seu nome, para tentar aliviar a minha angústia. Trinchei o bicho com raiva, dilacerando-o todo, à procura do que pudesse comer, pois a necessidade era tão imperiosa que eu tinha a impressão de que me mataria se não comesse. Encontrei o fígado. Era enorme e tenro. Comi-o cru, inteiro. Uma fome desesperada fez com que eu sentisse genuíno prazer ao devorá-lo.

"Alimentado e vestido, embora minhas roupas fossem apenas andrajos enlameados, continuei a caminhar e atravessei um carrasco, uma mata fechada, que me arranhava os braços e as mãos. Não podia correr o risco de me cortar, não tinha remédios para lidar com uma inflamação. Meus pés estavam cheios de bolhas e doíam. Quando cheguei a um descampado, estava tão extenuado que dormi, sem me preocupar com mais nada. Quando acordei, vi, bem junto ao meu rosto, a língua trêmula de uma cobra. Instintivamente, levantei-me em um pulo, e ela fugiu, sinuosa, pelas pedras. Não era tão colorida e, pelo rabo, julguei que não fosse venenosa. Por via das dúvidas, não tentei pegá-la. Sem fogo, não conseguiria comê-la. Lembra daquela vez em que a sucuri passou a seu lado? Do quanto você tremia quando te abracei? E me dizia: 'O medo está é dentro da gente, dentro da gente.' Naquela hora, eu ri de você. Agora, não sabe quantas vezes repeti para mim mesmo essa frase!"

V

"Depois de semanas sem ver um ser humano, tudo que eu queria era ser encontrado, por quem quer que fosse. Andei mais um pouco, atravessei uma mata intrincada. Subi mais, para ver se conseguia divisar algum lugar habitado, mas nada. A floresta se estendia a perder de vista, em ondulações. Em outro momento eu teria apreciado aquela paisagem, querida, mas, naquela hora, era impossível. Controlei meu desejo de pular lá embaixo. Sabia que, em parte, era uma alucinação: eu tinha a impressão de que iria apenas afundar um pouco naquele tapete macio formado pelas copas das árvores; a distância, pareciam flocos verdes de algodão.

"Comecei a voltar para continuar seguindo o rio, pois essa era a única forma de alcançar algum lugar habitado. Estava caminhando quando, de repente, vi uma anta, enorme, bem na minha frente. Estudamos, por alguns segundos, um ao outro. Ela parecia nunca ter visto um ser humano, mas logo disparou a correr, fugindo de mim. Nem tentei abatê-la, teria sido mera crueldade, já que não conseguiria comê-la. Lembrei de como ralhei brandamente com você, com ternura, quando me contou de como afastou o pequeno veado que viu, para que ele fosse embora antes que nós o pegássemos para comê-lo.

"Ao entardecer, ouvi um assobio forte e longo, seguido de outros mais curtos, em curiosa modulação. Seriam os companheiros? Eu pulava de excitação. Ao se aproximarem do acampamento, os companheiros assobiavam, dando a senha. Levantei a espingarda, atento. Pronto a dar um tiro para o alto, para ser encontrado, gritei, e o som da minha voz soou estranho para mim mesmo. No entanto, novos sons sucederam. De repente, percebi, era o chororó. O choro do nhambu, pensei, com um aperto na alma. Quantas vezes o canto desse pássaro se confundia com o sinal dos companheiros chegando. A ansiedade aumentava quando a gente percebia que não. Era o assobio do nhambu. Recordei, com saudades, da minha infância, minha mãe, minha irmã, até do meu pai, tive vontade de abraçar meu pai e perdoá-lo, enfim. Senti enorme pena dele, do quanto ele deve ter sofrido, pela culpa por nossas brigas, depois da minha partida. Pedi perdão ao pai, chorando, com muita tristeza em pensar que talvez ele jamais soubesse do meu arrependimento."

Sofia interrompeu a leitura, as lágrimas a impediam de ver o que estava escrito.

"Pensei em você. Espero que tenha tido nosso filho. Imaginei que você o levava para que meus pais o conhecessem. Essa cena fez com que eu me sentisse melhor, me acalmou. Reprisei-a, ao infinito, lembrando detalhes da minha casa, imaginando como te mostraria tudo, que histórias contaria, como se eu estivesse lá para te receber.

"Amanheceu. Continuei a caminhada, descendo o rio, ele ia se tornando mais caudaloso à medida que recebia água das grotas que se cruzavam pela floresta. De repente, reparei que havia cortes de facão nas árvores. Alguém andara por ali. A caminhada na mata fechada exigia a abertura de picadas com o facão. A descoberta me deixou tão excitado que meu coração disparou. Eu queria e precisava encontrar gente, mas, de repente, lembrei que tinha que encontrar nossos companheiros, não soldados, e minha alegria se conteve. De qualquer forma, comecei a seguir os cortes do facão, talvez houvesse como obter comida. Contudo, eles começaram a ficar distantes uns dos outros e desisti. Desde que conseguira sobreviver na mata, sem fogo, praticamente sem nada, a floresta tinha se tornado um lugar onde me sentia mais protegido.

"Não havia tédio. Ali, cada dia era diferente do outro e eu experimentava uma sensação de prazer por estar sobrevivendo, em condições tão precárias. Contudo, à noite, de repente acordei ouvindo pisadas perto de mim. Cheguei a sentir o bafo de um animal junto ao meu rosto e, aterrorizado, vi dois olhos que brilhavam no escuro. Eu dormia sempre com o 38 engatilhado, sob o braço. Atirei, não no bicho, mas para assustá-lo, pois, se fosse uma onça, eu estaria perdido mesmo que a matasse. O animal afastou-se em disparada, fazendo ruído, o que não é habitual nos animais da mata, você sabe. Saiu quebrando galhos pelo caminho. Dormi de novo, desta vez, tremendo de angústia. Meus pesadelos voltaram. Os olhos de um rapaz, o medo, os gritos. Eu fugia, fugia, por ruelas escuras, mas era impossível escapar. De repente, estava acuado, em um beco sem saída. Apontavam revólveres para mim. Olhava meus perseguidores e seus olhos se convertiam nas covas cegas das armas. Então, ouvi o estampido dos tiros e vi a mim mesmo, ensanguentado, caído no chão.

"Foi como um sinal de que, fosse como fosse, eu precisava retornar à civilização. Eu não suportaria outra noite como aquela. Tinha encontrado paz na floresta, junto com você e com os companheiros. Agora, a mata, com seus perigos, já não me confortava, voltava ao estado de horror e pressão psicológica de quando tinha deixado São Paulo."

VI

"Ao amanhecer, ouvi um galo cantar. Longínquo, mas, desta vez, não parecia ilusão. Apaguei os rastros e caminhei em direção ao som. Da beira do rio, enxerguei uma área descampada, diferente das que eu vira antes. Fui me aproximando com cautela e vi que se tratava de uma plantação. Da clareira, avistei, bem longe, uma estrada. Gente, finalmente, traços de gente! As batidas no meu peito aceleraram de novo, mais de medo do que de alegria. Continuei, com cautela. Cheguei, então, à ponte de madeira formada por dois troncos cortados, em um ponto em que o riacho desaguava no rio. Vi, ainda um pouco distante, um homem que pescava. Eu tinha uma escolha: ou pegava a estrada, que eu não sabia de onde vinha, nem para onde ia, opção perigosíssima, ou abordava o sujeito, o que parecia mais prudente.

"Atravessei a ponte e caminhei até perto dele. Cumprimentei-o e perguntei-lhe como se chamava aquele lugar. Ele me falou onde estávamos e percebi que tinha me afastado demais do nosso destacamento. Tentei me lembrar do mapa e perguntei se os soldados tinham andado por ali também. Ele disse que sim e que tinha sido um inferno, prenderam e maltrataram todo mundo, sem piedade. Mas já tinham ido embora. Ele me perguntou, curioso, por que é que eu queria saber dos soldados, e decidi dizer a verdade. Pelo olhar dele, podia perceber que era uma boa pessoa. Sentia-me desamparado e indefeso, precisava da atenção de outro ser humano.

Contei que estava perdido na mata há mais de um mês, longe dos companheiros. Ele comentou, meneando a cabeça, que, realmente, eu não parecia nada bem e me disse que o chefe tinha sido visto comprando mantimentos em um lugarejo perto dali.

"Então, me convidou a ir até a casa dele. Tinha cinco filhos, o mais velho com apenas nove anos. Eram crianças alegres, estavam brincando de esconder, mas pararam imediatamente a algazarra quando nos viram. Você iria adorar, sempre gostou tanto de crianças! Fiz as contas, se você decidiu ter nosso filho, deve estar quase nascendo agora. Mas estou perdendo a noção do tempo. Tentei marcar os dias que passavam no cabo da arma, mas esquecia de fazer isso nos dias muito árduos ou quando tinha febre. As crianças vieram correndo abraçar o pai e lhe perguntaram se ele tinha trazido peixes. Ele tinha alguns no bornal, os meninos pediam para olhá-los. Renovavam o pedido a cada minuto, enquanto caminhavam ao nosso lado. Meu novo amigo me levou até sua casa e me apresentou à sua mulher. Ela me olhou, desconfiada, mas eu estava em condições tão deploráveis que percebeu que era verdade o que o marido contava. Ela comentou com ele, em voz baixa, que eu estava 'estropiado'.

"Almocei com eles, sentado nos banquinhos que eles fazem aqui. Não havia mesa, como na maior parte das casas. Quando havia, eram feitas de troncos, bem toscas. Comi, me sentindo um rei, o tucunaré com pirão de farinha de mandioca. Riram, satisfeitos, quando elogiei a comida e a qualidade do arroz que eles mesmos plantavam. Então, armaram uma rede para mim e, quando comecei a relaxar, a febre voltou. Eu tremia e, ao mesmo tempo, suava. Me deram comprimidos contra a malária, pois meus remédios já tinham acabado há muito. A mulher me disse que ia ao povoado procurar notícias dos meus camaradas. Tive medo, disse a ela que não precisava, mas, depois, aquiesci: era minha única esperança. O que eu faria sem eles? Voltar para a mata e continuar perdido para sempre? Depois, podia ser que eles ainda estivessem por ali, não era hora para hesitações. Deixei-a ir. Dormi abraçado à minha espingarda e com o revólver na cintura, embora não tivesse nenhuma intenção de atirar, querida. Imagine, com todas aquelas crianças por perto.

"No crepúsculo, a mulher voltou, sem notícia do paradeiro dos meus companheiros. Disse que o lugar onde o chefe tinha sido visto comprando sal e farinha era um pouco longe dali, mas nada indicava que ele ainda estivesse nos arredores. Eu quis me levantar e partir, mas eles me detiveram. Disseram que era mais seguro dormir na casa. Concordei. Por mais que eu tivesse me acostumado ao medo e ao frio, pois não tivera outro jeito, daria tudo para nunca mais passar por nada parecido com o que tinha vivido. Estava fraco demais, meu corpo, depois do conforto da casa, com calor e comida, se permitira tombar na mais completa fragilidade. Uma moleza me tomava, meus sentidos estavam mergulhados num torpor infindo. Me abandonei à rede. Melhor esperar amanhecer o dia.

"Outros lavradores foram chegando da roça, não sei se eram parentes ou amigos. Tinham vindo me ver, pois, certamente, tinham ouvido coisas terríveis sobre nós. Me olhavam em silêncio, curiosos. A dona da casa fez um café ralo para todos, parecendo orgulhosa por ter uma atração por ali. Tenho arrepios quando penso no que eles podem ter sofrido depois, por terem me acolhido. A febre dissolveu todas as minhas defesas, comecei a falar da nossa luta, de por que estávamos ali, conclamava a todos a nos apoiarem. Eles me ouviam, em silêncio. Os olhos brilhavam nas sombras provocadas pelo fogo. Achei que tinha conseguido convencê-los.

"No dia seguinte, me levantei da rede, me sentindo quase curado, e parti. A mulher arrumou num saco um bocado de farinha com pedaços de galinha para que eu me alimentasse por alguns dias, e seu marido me deu uns cartuchos de balas. Despedi-me deles, comovido. O encontro me deixou muito sensível, depois do longo período de solidão. Abracei cada um, efusivamente, colocando no colo os pequeninos. Quando os deixei, as crianças sorriam, acenando as mãozinhas, com os rostinhos afogueados e remelentos.

"A mulher tinha me explicado onde era o lugar em que os companheiros estiveram. Cheguei lá antes do anoitecer. Bati na casa e confirmaram que meus amigos tinham passado por ali havia menos de uma semana. Me convidaram para dormir, mas não senti confiança no olhar dos homens. Para despistar e fazer com que não viessem atrás de mim, disse que estava acompanhado de um grupo e fui embora. Sem me molestar, eles me deram farinha, sal, querosene e fósforos, o que eu mais precisava. Procurei um abrigo para dormir, dentro da roça deles, sem que eles soubessem, oculto pelos altos pés de milho, pois era mais seguro do que ir para a floresta."

VII

"Com os primeiros raios de luz, fui surpreendido por dois lavradores que me contaram, com ar de censura, que o casal que tinha me ajudado tinha sido preso. Os dois não me fizeram nada, só me olharam, cuspindo de lado, com temor e desprezo, e me pediram que eu sumisse na mata, me afastasse deles, porque era muito perigoso falar comigo. Passei a sonhar com o casal, ouvia seus gritos, sendo torturados. Não sei se escaparam com vida, a angústia que senti ao saber do que eu fizera a eles sem querer foi pior do que tudo que passei. O que teria acontecido àquelas crianças? Eu não queria pensar. Dormia vendo seus rostos e acordava perseguido por seus olhares aflitos e esperançosos. A impotência me dominava e me tornava incapaz da luta diária que precisava empreender pela sobrevivência.

"Então, recomecei a andar pela mata. No dia alto, dei com um grupo de macacos guariba. São aqueles castanhos, não muito altos, lembra? De focinho negro. Você comentou que eles tinham olhar sensível, de gente, mas soltam um grito assustador. Em outro momento, eu teria medo de atirar neles. Mas, naqueles dias, não tinha alternativa. A comida que a mulher me dera não iria durar muito. Acertei o macaco, mas ele prendeu a cauda em um galho da árvore, antes de morrer. Os outros fugiram, o que me deixou aliviado. Lembra quando o chefe teve que usar uma vara com forquilha para soltar um desses macacos? E só conseguiu quando trepou em outra árvore. Felizmente, esse que eu matei não estava alto demais, chegou a cair alguns metros. Subi na árvore, com dificuldade, e precisei cortar a cauda para pegá-lo. Fiz fogo dentro de um buraco, tapando-o quase inteiro, para controlar melhor a fumaça. Depois coloquei partes do macaco nas brasas, tapei de novo, não consegui assar direito, mas comi mesmo assim.

"Acabei chegando em outra casa onde me disseram que nossos companheiros tinham estado havia dois dias. Fiquei muito ansioso. Como da outra vez, passei a noite perto dali, sem que os moradores soubessem, e recomecei a caminhada. Procurei andar na direção em que me indicavam que havia outra casa ou povoado, pois não queria mais me arriscar a me embrenhar tanto na floresta. Fiquei nervoso com a possibilidade de os companheiros estarem próximos, andava tão rápido que a minha bota, que já estava nas últimas, arrebentou de vez, expondo meus pés aos espinhos de tucum.

"Encontrei, então, dois caçadores. Pedi-lhes informações sobre o local em que me encontrava, sempre fazendo questão de parecer estar com companheiros que me aguardavam, ocultos na mata, pois temia mais os homens do que os animais. Eles disseram que não sabiam nada sobre o paradeiro dos meus amigos, mas me informaram onde havia outras casas e continuei a caminhar, na direção que eles indicaram. Pedi a eles um pouco de comida e me deram. Um deles, penalizado ao ver meus pés feridos, me ofereceu sua bota. Disse que não morava longe dali. Aceitei. Ele calçava um número maior do que o meu, mas foi o que me salvou. Agradeci e continuei meu caminho.

"Tudo, as menores coisas que me aconteciam, me fazia lembrar você. Pensei na bota que te deram no dia em que chegamos, muito maior do que os seus pés. Na impressão que tive quando vi seus pés brancos e frágeis, o esmalte desfeito nas unhas. Tive uma aflição estranha por ter te trazido comigo. Uma moça linda e doce, passando por todas aquelas dificuldades e privações. Felizmente você partiu. Todos os dias penso em você, desejando que esteja bem em algum lugar e que possamos nos reencontrar."

Sofia ficou sufocada. Sentia uma dor, na altura do peito, embora não tivesse nenhum problema de saúde.

"Passei dias ainda mais difíceis, querida, andei desesperado, pois não encontrava comida. Comia coco-babaçu e palmito selvagem. Venci a repugnância e comecei a comer até as lagartas brancas que se desenvolvem dentro da casca dura do babaçu. Com a marcha apressada e a barriga vazia, comecei a ter tonteiras. Estava exausto. Vi sombras se mexendo nas árvores e achei que estava de novo tendo alucinações. Era, de fato, um pequeno grupo de mulheres e crianças quebrando coco-babaçu. Gritei, e elas saíram correndo, em disparada. Corri atrás delas, implorando para me escutarem, dizendo que eu não era bicho, nem fantasma, era gente, como elas. Achei que me tomavam por uma das lendas da mata, caipora ou coisa assim. Porém, quando elas pararam e falaram comigo, disseram que estavam com medo porque o 'povo da mata', ou seja, nós, guerrilheiros, matávamos quem ia quebrar coco na selva. Eu disse que aquilo era um absurdo, uma invenção do exército. A gente lutava apenas contra quem explorava gente pobre, como elas. Tudo que queríamos era que os quebradores de coco pudessem colhê-los em qualquer local e vender o litro de óleo ou de castanhas por um preço justo, expliquei. Quase caí, enquanto falava, e uma delas, mais forte, me amparou. Eu balbuciava desculpas por tê-las assustado, mas já percebia em mim, de novo, sinais de delírio. De repente, ao ver os rostos preocupados delas, a situação se inverteu e fui eu quem começou a ter medo, achava que queriam me levar para os soldados. Afastei-me, tentando correr e, certamente, deixei-as mais atônitas ainda do que já estavam."

VIII

"Depois de caminhar um dia inteiro, deparei-me com outra roça. Fiquei observando por um tempo, para ver se havia soldados ali, e, como estava tudo quieto, decidi me aproximar. Os moradores me receberam bem. Acho que o fato de estar sozinho ajuda muito, nessas horas. Antes, estar sozinho me tornava mais vulnerável, agora, era o contrário. A dona da casa colocou o resto de comida do almoço em uma tigela para mim. Ainda estava quente e me pareceu a refeição mais saborosa do mundo. Enquanto eu comia, me contaram que os soldados tinham queimado as roças de vários moradores. Tinham entrado na casa deles estourando a porta a pontapés e apontaram as armas contra os pais, na frente das crianças. Um menino pequeno começou a chorar, só de lembrar do que tinha acontecido. Na certa, tivera muito medo. Tive um arrepio ao lembrar dos filhos dos lavradores que me socorreram antes. Contaram que os soldados comeram tudo que tinham, disseram-lhes que não aguentavam mais comer comida enlatada. Não se achava mais nada na cidade para comprar, porque eles confiscavam tudo. Os próprios soldados definiam o preço que lhes convinha pela força das armas; isso, quando pagavam. Contudo, um soldado tinha mostrado às crianças as fotos de seus filhos e contou-lhes, com lágrimas nos olhos, que, quando deixou sua casa, não sabia que estava indo para uma guerrilha de verdade. Tinha medo de nunca mais ver sua família de novo.

"O dono da casa me ofereceu pousada. 'Não custa nada armar mais uma rede', me disse. Eu falei que não podia ficar, pois não queria causar problemas para eles. Não me saía da cabeça o que podia ter acontecido à outra família que tinha me recebido tão bem. Percebi que ficaram aliviados, mas, ainda assim, me aconselharam a ficar por perto, que eles me levariam comida. Passei dois dias dormindo na roça deles, coberto com uns trapos que eles deram. Quando fiquei mais forte, agradeci e parti, me despedindo das crianças com novo aperto no coração. Doía ver a miséria dessas pessoas e a generosidade com que partilhavam comigo o pouco que tinham.

"Eu caminhava em direção ao meu antigo acampamento, na esperança de reencontrar nossos companheiros ou, no mínimo, de me orientar melhor em uma área conhecida. Sabia dos esconderijos onde ficavam os depósitos de mantimentos e remédios, e isso podia me ajudar a sobreviver. Encontrei no caminho um mateiro que estava indo atrás de uma onça-pintada. Ela estava ferida e, furiosa, tinha atacado os animais de uma fazenda. Pelas chispas no olhar dele, vi que chegou a avaliar a possibilidade de tentar me entregar, mas desistiu. Eu estava sujo, magro e febril, já não tinha forças para lutar. Ele se tranquilizou e, temendo a nossa vingança, me disse que os militares o obrigavam a guiá-los pela floresta. Faziam-no andar na frente, vestido de farda, e ele tinha muito medo de morrer nessas excursões, pois, ao menor barulho de animais ou do vento nas árvores, os soldados destampavam a atirar, desvairadamente. Pediu-me para contar aos meus companheiros que ele estava sendo forçado a fazer isso, mas que dava apenas umas voltas e os soldados já ficavam satisfeitos, não lhes mostrava nada de importante e evitava nos seguir de verdade. Piscou um olho, malicioso. Claro que não acreditei nele. Pouco depois, soube que ele foi justiçado pelos nossos por estar colaborando com os soldados. Mas ele não me molestou, pelo contrário, me deu um bom pedaço de carne de paca e fósforos, antes de nos despedirmos.

"Encontrei então um bananal que parecia abandonado e colhi várias bananas, que comi com prazer. Assustei-me ao ser surpreendido por uma mulher, que apareceu de repente, com duas crianças. Era curioso que eu não a tivesse ouvido, pois o longo tempo na mata tinha aguçado os meus sentidos. Eu conseguia perceber sons que, antes, jamais notaria. Mas percebia também alguns que não existiam. De noite, às vezes, tinha certeza de que você estava ressonando ao meu lado.

"A mulher que me encontrou foi cautelosa, tinha medo de mim. Disse que eu podia comer de suas bananas à vontade, mas me olhava de lado, desconfiada. Conduziu-me até a casa. Ela e os filhos carregavam mamões maduros para dar aos animais. Pedi um e ela me deu, descasquei e comi, no caminho, sem poder esperar mais, com caroços e tudo. Vi que eles estranharam e tiveram pena, pois, curiosamente, por ali, ninguém tinha o hábito de comer essa fruta tão gostosa. Eles a davam aos animais. Para eles, comê-la era um sinal de degradação, eu me igualava aos bichos de criação.

"Na casa, ela me deu café e me perguntou se eu não era a mesma pessoa que ela tinha visto um dia acompanhando nosso chefe até uma pedra no alto do morro. Ela me disse que, nesse lugar, nosso comandante havia recebido de Deus 'todas as leis do mundo' e as teria deixado escritas em uma árvore. Insistiu que estava me reconhecendo. Fiquei atônito e não tive forças para contradizê-la. Só então entendi que circulavam muitas lendas a nosso respeito, talvez incentivadas pela propaganda antiguerrilheira. Ela disse que sabia que alguns de nós tínhamos o corpo fechado, não podíamos ser feridos. Passei a noite ali, por insistência deles, que me pediram para abençoar as crianças e fazer-lhes orações, o que eu apenas fingi, com desconforto. Não me sentia à vontade naquela pele sacerdotal que me atribuíam. Você sabe a desconfiança que sempre tive sobre qualquer forma de religião."

IX

"Depois de andar um bocado na floresta que margeava a estrada, ouvi um barulho que não parecia com nada do que eu vinha escutando ultimamente. Escondi-me e percebi que era uma motosserra. Faminto, caminhei naquela direção. Trabalhadores cortavam madeira no terreiro de uma fazenda. Havia muitas madeireiras como aquela, destruindo árvores centenárias e expulsando os índios e pequenos posseiros. 'Alto lá!', gritou um homem, atrás de mim. Vi o cano da espingarda e tive medo, mas ele baixou a arma quando me virei e me cumprimentou. Era o fazendeiro. Levou-me até o casarão central e ordenou que uma cabocla preparasse um banho para mim. Então, mandou que me dessem uma camisa e calças, certamente de um menino ou de pessoa mais franzina, pois me couberam, na magreza em que eu me encontrava. A mesa estava posta, lauta, com muitas iguarias do lugar. Foi estranho, para mim, usar talheres, como há muito não fazia. Eu parecia estar deixando minha condição de ser humano, estava cada vez mais próximo dos animais. Serviram compotas. Comi, lentamente, com reverência, tão cedo não teria outra refeição semelhante. Talvez nunca mais, pensei, com um arrepio."

Sofia soluçou alto, ao ler essa frase.

"Na mesa, a esposa e os filhos, calados e submissos, olhos baixos. O velho fazendeiro me exortou a ir com ele para o Maranhão, incógnito, como se fosse gente sua, afirmou. Prometeu pagar minha passagem para que eu voltasse para casa, como um presente para minha família. 'Bobagem isso que vocês estão fazendo, ninguém vai contra o governo e fica impune.' Eu disse que não aceitava. Não conseguia confiar nele e, além de tudo, não tinha nada e ninguém para quem voltar, só queria encontrar meus companheiros. Mas não era verdade, não pude deixar de pensar em você, em minha mãe, que sempre sofreu tanto por mim, e também em minha irmã, ainda tão menina. Como estariam elas? Tudo parecia tão longe, era como se eu tivesse me tornado outra pessoa."

Sofia fechou o caderno um instante, a pulsação disparada. Como era difícil para ela acompanhar aquele relato! Mas uma necessidade imperiosa a impedia de parar.

"Agradeci e fui dormir. Decidi deixar a casa antes de raiar o dia, pois sabia que o fazendeiro iria me entregar.

"A esposa dele me surpreendeu na sala, de saída, na madrugada. Assustou-se ao ver-me. Temi que ela gritasse, acordando todo mundo, mas apenas me olhou, os olhos tristes. Depois, abriu a porta e me deixou ir, os dedos nos lábios me pedindo silêncio, o medo no olhar. Alcancei a floresta, aliviado. Pensei no quanto você se preocupava com essas mulheres, no jeito paciente e meigo com que você lhes falava dos direitos que elas tinham e que desconheciam. E de como ficavam ouvindo, muito quietas, às vezes, sem compreender.

"Meu coração palpitou assim que consegui reconhecer algumas árvores e trilhas. Quando atravessei o riacho perto de casa – que se tornara um velho amigo – foi como se ele me saudasse com seu marulhar. Lembrei-me do chefe me ensinando a me movimentar na água com a mochila pesada, sem risco de ser arrastado pela correnteza. Você se lembra? Eu conhecia cada depressão, cada arbusto, e fui te ensinando, devagarzinho, para que eu mesmo não esquecesse. Os rios mudam continuamente, mas os recantos estavam ali, como se quisessem mostrar que alguma permanência há, nesse mundo de transformações incessantes. Senti forte saudade de você e dos companheiros, de como riam da minha dificuldade em atravessar os animais pela água sem molhar a carga que traziam. E o prazer, nossos gritos de alegria enquanto pegávamos carona nas toras de troncos caídos, pelo apodrecimento ou pelas chuvas. Subíamos neles e descíamos a cachoeira até a nossa casa, mais abaixo. Era a glória encontrar um tronco enviesado na água e endireitá-lo, fazendo boia improvisada. Lembra-se de como vagávamos, juntos, pela água, apoiados no mesmo tronco, a cabeça nos braços, olhando um para o outro e nos beijando de vez em quando? Você ficava ainda mais linda, as gotas de água nos cílios tornavam-se diamantes em seus olhos.

"Caminhei para a casa de um dos nossos vizinhos. Perguntei pelos companheiros. Quando cheguei perto da roça e os filhos do velho caboclo me viram, correram, assustados. Fiquei desapontado, pois tinha ajudado a curar um deles de uma crise brava de malária. Passei dias ao lado da rede dele, velando-o, numa prosa suave com a mãe, regada a café. Você se lembra? No dia seguinte, você ficou impressionada ao saber que eu tinha passado a noite em claro, ali. Agora, chamei-o em vão, ele fugiu de mim como se tivesse visto uma onça. Quando me aproximei da casa, todos se acercaram, com os olhos arregalados. Eu disse, a voz embargada pelas lágrimas: 'Sou eu, o velho amigo de vocês, não se assustem, vocês sabem que eu jamais lhes faria mal.' Eles se acalmaram. A mãe do menino entrou na casa e voltou, ofereceu-me um caneco de café e milho torrado com beiju, como antes. Disse que não tinha me reconhecido, meu aspecto não estava nada bom. De fato, eu estava tão magro que parecia ter barriga de vermes, como muitas crianças da região. Ela ficou chocada com a transformação.

"Fizeram-me sentar num tronco para tomar café. Então me contaram que o exército tinha prendido muita gente. Tinham matado um companheiro e o amarrado de cabeça para baixo em uma árvore, chutando o morto no rosto até que ficasse completamente deformado. Um dos meninos falava e gesticulava, aterrorizado, me mostrando como os olhos dele saltaram das órbitas. E só tiraram o corpo da árvore quando os urubus já tinham começado a devorá-lo. Várias famílias tinham ido embora, deixando tudo para trás, inclusive roças plantadas. O exército oferecia terras aos que ajudassem a nos caçar. Um deles argumentou que os soldados não eram maus, tinham cuidado da saúde de muita gente na região, estavam vacinando as pessoas contra várias doenças. Até dentista havia, numa tenda, com instrumentos que eles nunca tinham visto, um luxo só. Eu falei: 'Vocês não percebem que eles estão fazendo isso apenas porque era o que nós fazíamos? Querem confundir a cabeça de vocês.' Pelo olhar deles, entendi a inutilidade das explicações, já estavam convencidos da bondade dos militares.

"Por mais que ainda tivessem algum carinho por mim, resolvi ir embora, pois não queria que nada lhes acontecesse por minha causa."

X

"Finalmente, cheguei em nosso antigo acampamento. Tinham queimado a casa e a roça que fizemos, havia enlatados espalhados pelo chão, sujeira e destruição. Não vi ninguém: nem os soldados, nem os companheiros. Tive uma tristeza infinita ao lembrar das nossas conversas, da alegria no final do dia, ouvindo rádio e comendo juntos, depois das jornadas de exercícios e trabalho duro. O rigor dos trabalhos e a rispidez dos chefes não eram nada perto de tudo que eu havia passado na mata. Caminhei um pouco e encontrei um dos esconderijos de mantimentos, esperava encontrar ali remédios para a malária malcurada, que voltava a me atacar com força novamente. Percebi, desapontado, que os soldados tinham encontrado e esvaziado o buraco. Taparam bem a entrada, certamente para nos enganar. Tive medo de ser uma armadilha, mas não havia ninguém ali. Não era fácil, a quem não estava acostumado, permanecer de tocaia na floresta. E esse não era o estilo dos soldados. Esperei a noite cair e fui ao outro esconderijo, no oco da árvore. Passei dias ali, escondido. Algum companheiro tinha estado no mesmo lugar, pois havia sangue seco sobre alguns dos sacos que guardavam os mantimentos. Não sobrara carne de sol, apenas farinha e água, e, infelizmente, não tínhamos guardado remédios ali. Apenas armas, muitas armas e munição, agora completamente enferrujadas e inúteis, como se falassem da falta de sentido de toda aquela guerra.

"Só então, dentro da caixa, intocado, encontrei seu diário, esse relato que acabei continuando, do ponto em que você deixou. É nele que escrevo agora, meu amor. E busco forças na lembrança da sua imagem, dos nossos dias juntos, penso em seu sorriso e em seus gestos graciosos, para poder sobreviver...

"No início folheei as páginas esverdeadas pela umidade com um cuidado sem limites, como se tivesse encontrado um livro sagrado que pudesse me ensinar a retornar no tempo e afastar aquela realidade opressora. Sob a luz que emanava de um pequeno buraco no tronco do esconderijo, comecei a ler e reler o que você escreveu, com sofreguidão. Na primeira vez que li, o passado doeu. O que mais me dilacerava era a felicidade que eu havia conhecido junto com você, mesmo nas condições duras do treinamento na mata. A lembrança arrebentava em meu peito, como se o corpo não fosse capaz de contê-la. Decorei cada letra daquele relato, e suas palavras tomaram vida. Comecei a falar em voz alta com você e com os companheiros, eu os via e ouvia, protegido no oco da árvore. Mergulhava do sono para o sonho, num delírio sem fim. Dentro da árvore, o frio da noite não me castigava tanto, eu fechava o pequeno buraco para evitar a entrada de cobras e dormia coberto por sacos de aniagem vazios. Foi o único lugar em que me senti protegido em toda a minha fuga. A árvore era um útero onde eu podia apenas existir. Sem angústia, sem medo, sem dor. A leitura era uma viagem em um túnel do tempo. Me levava de volta a um momento em que eu tinha sido feliz, sem saber."

XI

"Estava ali há quantos dias? Não tinha certeza. Precisava reagir. Fazer alguma coisa antes que a loucura me tomasse completamente. Além disso, eu tinha um berne que me ferroava as ancas, as larvas estavam crescendo na minha pele, me deixando louco. O local em que elas penetraram já estava muito inflamado. No entanto, eu não conseguia sair, a angústia de ter que enfrentar a floresta e o medo da perseguição me impediam. Decidi ficar enquanto houvesse água e alimento. Encontrei vários lápis junto com o caderno e muitas páginas em branco. Para não enlouquecer, comecei a escrever. Decidi contar o que se passou desde que você partiu, os dias de fuga na mata. Tudo que vivi antes do Araguaia se tornar uma mancha confusa. Só estava vivo em mim o tempo passado na floresta.

"Escrevi, com letra miúda, em todos os espaços em branco. Resta apenas um par de páginas. Queria escrever um pensamento essencial, a palavra derradeira, que pudesse definir tudo o que vivemos, a razão de tudo que passamos. Mas nada me ocorria. Não encontrava sentido. O que é que tinha me feito mergulhar nessa longa viagem, talvez sem retorno? Estava vazio, febril. Tive uma crise de choro, pois o caderno era o último companheiro nessa viagem solitária, e não podia mais contar com ele. Preenchi todos os espaços, esvaziei-me de lembranças, nada mais me restava. Precisava sair, mesmo sem saber o que me esperava.

"Quando enfim deixei a árvore, abracei-a, chorando, como se dissesse adeus a uma pessoa querida. As lágrimas molhavam a longa barba que me descia pelo peito. Decidi caminhar até a venda do senhor que nos fornecia mantimentos e munição para caça, a uma milha do meu esconderijo, mas, por precaução, entrei pelos fundos. Procurava, mais do que tudo, remédio para malária, que recomeçara a me castigar. Precisava, também, encontrar um pedaço de toucinho para amarrar no quadril. O berne ia tentar abrir passagem até a superfície para respirar, o que me permitiria tirá-lo. Porém, meu velho amigo, o dono da venda, me surpreendeu mexendo na sua despensa. Ele me olhou espantado, e disse que não tinha remédios, o que não era verdade. O movimento atraiu os clientes que estavam na venda, que se aproximaram, estranhando meu estado. Comentavam sobre como eu estava devastado. Não duvidei. Felizmente, não havia espelho naquele inferno. Um deles, que eu acho que era um bate-pau, disse que podia me levar a Santa Cruz para que alguém tratasse de mim, pois, nas palavras dele, via-se que eu estava morrendo.

"Conhecer meu estado no olhar dos outros começou a produzir em mim um efeito de autopiedade que me fragilizava. Sabia que era uma armadilha, mas não tinha forças para fugir, me sentia desfalecer. Para me encorajar a ir, o dono da venda me ofereceu companhia, e mandou sua mulher me dar café com bolachas. Ela tremia tanto que o café se derramava entre seus dedos. Reparei que na venda havia cartazes com retratos falados malfeitos de alguns de nós. Abaixo, os dizeres: 'Procurados', 'Terroristas muito perigosos'.

"Ajudaram-me a montar num cavalo, minha vista escureceu quando o corpo percebeu que não precisava mais fazer esforço para ficar de pé, e quase desmaiei. Mantinha minhas armas bem junto a mim. Eles iam a a cavalo, na frente. Todos nos olhavam quando partimos. Depois de andar um bocado, chegamos ao povoado. Levaram-me à venda. Vários homens bebiam cachaça e tentaram me provocar. Eu estava desamparado, mas o bate-pau e o meu amigo lhes ordenaram que me deixassem em paz.

"Na casa, nos fundos da venda, fizeram um coquetel de remédios para malária e para o fígado, e injetaram em meu braço. Mal conseguiram aplicar, tão magro eu estava. Como não havia álcool, desinfetaram a agulha com cachaça. A dona da venda embebeu um pano com a aguardente e colocou em minha testa, o que eles acreditam que cura a doença. O amigo que me levara até ali despediu-se de mim, olhando-me longamente, como se quisesse me dizer alguma coisa. Disse que precisava voltar, pois a noite estava caindo. Eu o segurei no braço e lhe pedi que, se avistasse meus companheiros, lhes dissesse que eu estava bem. Ele tinha uma aflição no olhar que nunca irei esquecer.

"Agradeci a todos e disse que precisava ir também. Os olhos do bate-pau me fuzilaram. Ele disse que era melhor eu ficar, pois já ia escurecer. Minhas pernas estavam bambas. Quando a dona do lugar chegou com um mingau fumegante, a fome dissolveu minhas apreensões. Estava fraco demais para resistir. Ofereceram-me uma rede para deitar um pouco e esperar que o mingau esfriasse. Recusei e tomei-o sentado em uma cadeira. Chegando ao final, a moleza bateu em meu corpo de uma forma incontornável. Nem vi como cheguei à rede, acho que me carregaram. Sonhei com você, um sonho vívido como nunca. Sentia sua pele, como se a tocasse, quente, suave.

"Acordei com rostos inexpressivos apontando minhas próprias armas contra o meu rosto. Para onde vão me levar? Não sei.

"Estamos aqui há horas. Parece que eles esperam alguém. Pedi um lápis e voltei a escrever, uso essas últimas páginas em branco, apenas para te contar como cheguei aqui. Escrevo para não enlouquecer. Queria refletir sobre tudo que vivemos nesse inferno, mas não consigo. Tenho medo de dormir de novo, não sei o que vai acontecer, querida. Espero que um dia o que estou escrevendo chegue a você.

"Sei que posso acordar morto."

Sofia fechou o livro e se sentou na cama, atordoada. Mas o que você esperava?, perguntou a si mesma, com aflição.

O dia tinha terminado, sem que ela percebesse, e uma noite fechada, sem lua, caía pesada lá fora.

XII

Descobriu o envolvimento do irmão com a guerrilha da pior maneira possível. Brincava de amarelinha na rua, quando um dos garotos começou a gritar:

– Seu irmão é subversivo! Seu irmão é subversivo!

Ela via notícias horríveis na TV sobre os subversivos. Fossem quem fossem, tinha pavor deles. Fugiria se alguém dissesse que havia um por ali. E agora falavam que o irmão que ela adorava era um subversivo? Como podia ser? Os outros garotos começaram a gritar também:

– Subversivo! Subversivo!

Sofia chegou em casa soluçando, as lágrimas escorrendo pelo rosto. O pai sentou-a em seu colo e lhe explicou o que pôde, mas conseguiu apenas modificar o medo que ela sentia: passou a partilhar com ele o temor pela segurança de Leonardo.

Seu irmão havia ingressado na política estudantil, pouco antes de ser obrigado a viver na clandestinidade. Uma vez levou para a casa dos pais, nas férias, um amigo, diretor de Relações Exteriores da UNE, a União Nacional dos Estudantes. O pai de Sofia não simpatizou com o hóspede, o que fez o visitante ficar ainda mais inflamado, pôs na cabeça que o pai era de direita. O colega de Leonardo esteve na Albânia e também em Praga, e mostrou a Sofia fotos de lugares que se pareciam com ilustrações de castelos de princesas, o que confundiu a cabeça da menina. O comunismo era um conto de fadas?

Leonardo era silencioso. Ninguém sabia o que ele estava pensando. Porém, voltou de Cuba transtornado: não parava de falar no assunto. O pai comentou, bem-humorado, mas com alguma contrariedade:

– Meu filho voltou, mas parece que só o corpo veio de navio. O espírito vem caminhando a pé, trôpego, pelos caminhos...

Leonardo descrevia a luta na Sierra Maestra como se tivesse presenciado tudo. Tinha sido um garoto que adorava subir em árvores e fazer expedições pela mata, e, em Cuba, ficou fascinado pelas histórias de guerrilha na selva. Contou a Sofia que tinha conhecido Ramón, o irmão mais velho de Fidel, muito parecido com o comandante. Descreveu-o como uma figura também imponente, sempre com o charuto na boca. Por instantes, Leonardo achou que estava diante do próprio presidente. Ramón lhe contou que o pai deles tinha um armazém e eles tomavam emprestados víveres para levar para os guerrilheiros acampados nas montanhas. Quando a revolução começou, confessou a Fidel que não dava conta de matar, e o comandante deu-lhe uma tarefa mais amena: Ramón passaria a dirigir o primeiro veículo que serviu à guerrilha.

Leonardo contou à irmã que tinha presenciado, durante um dia inteiro, um discurso do próprio Fidel, figura que ela associou ao gigante de uma das suas histórias preferidas. Havia milhares de pessoas na praça, homens, mulheres e crianças, contou Leonardo.

– E como todos almoçaram? – perguntou a pequena Sofia, pensando em sorvetes e sanduíches.

Leonardo colocou-a no colo e ignorou a pergunta. Deu-lhe um beijo no nariz e disse apenas, com os olhos brilhantes, que Fidel afirmara que a mudança do mundo estava próxima. A menina imaginou aquele fim do mundo como nos filmes com temas bíblicos que eles adoravam: o mar se abria ao som de uma música retumbante.

XIII

Quando Sofia estava só, fechava os olhos e conseguia sentir as mãos do pai levantando-a do chão. Uma vez, no Natal, descobriu que o presente daquele ano tinha sido feito por ele. Um parque de diversões inteirinho, com luzes e música, movia-se quando ela apertava um botão. A menina ria e batia palmas, enquanto os cavalinhos e a roda gigante giravam sob seus olhos.

No casebre que lhe servia de oficina, nos fundos da casa, o pai se evadia horas a fio, absorto, a testa cortada por uma ruga persistente. Seus amigos eram chaves de fenda, alicates, parafusos e um pequeno torno que a encantava. O pai perdia muito tempo fabricando brinquedos para ela. Eram os abraços que ele era incapaz de dar com o corpo. O predileto de Sofia era uma caixinha de música, com um casal de bailarinos. Eles pareciam brigar, se separavam, a bailarina dançava, indiferente ao companheiro e, depois, os dois se reconciliavam, num *pas-de-deux*, no momento em que a música alcançava a apoteose. A caixinha era minúscula, o que a tornava muito especial. Mário a havia feito com uma lupa, utilizando instrumentos de dentista com suas mãos grandes, com paciência e delicadeza sem limites. Sofia hesitou, mas deu essa caixinha ao irmão quando ele partiu. Era uma espécie de compromisso de que ele tinha que voltar para lhe devolver o brinquedo, pois sabia o quanto era precioso para ela.

O pai era um inventor nato. A mãe gostava de contar da ocasião em que ele criou um motor revolucionário para máquinas agrícolas. Mostrou a dois homens simpáticos sua invenção, deixou-os fotografarem e tudo mais. Anos depois, para sua surpresa, um amigo encontrou o motor em uma revista estrangeira.

– Era o meu motor, igualzinho! O mesmo esboço, com uma borda rabiscada. Nem se deram ao trabalho de fazer outro desenho!

Mas era apenas mais uma história para contar à mesa. Lá estava o pai, outra vez, com o olhar fixo, vendo no açucareiro ou na enceradeira uma coisa diferente da que todos viam. Dias depois, chegava com uma solução engenhosa, que acrescentava àquele objeto, tornando-o mais rápido ou com uma forma mais dinâmica.

Um dia, Sofia perguntou:

– Pai, como você faz para inventar tanta coisa?

Sofia tinha inveja, tentava encontrar em si mesma aquela habilidade de ver nas coisas mais do que elas eram, de transformá-las. Achava que aquele dom podia ser hereditário. Mas não era.

O pai pensou antes de responder. Nunca perguntara a si mesmo como acontecia aquilo. Não era necessário, acontecia e pronto.

– Não sei. Eu vejo. Só isso. Vejo. Vem o objeto inteirinho, como acho que deveria ser, com as engrenagens, alavancas, fios. E, às vezes, sabe, chego até a ver um detalhe mínimo, por exemplo, ali onde vai estar aquele parafuso precisa haver uma fenda para que o objeto se ponha em movimento, compreende?

Não. Sofia não compreendia. Era um mistério que só a ele pertencia.

Embora houvesse amor, ressaltava a distância entre ela e o pai. Sofia demorou a perceber que havia um choro dentro dele. Um choro que jamais iria silenciar. Depois, veio a compreender que tinha a ver com seu irmão. Mas era tarde demais.

XIV

Quando o pai morreu, em 1992, cerca de vinte anos depois do desaparecimento do filho, a casa passou por uma revolução. Várias assepsias foram necessárias para afastar o cheiro da morte. O assoalho foi lavado, a luz invadiu os aposentos pelas portas escancaradas. Lufadas de vento varreram os quartos pelas janelas. Só o quarto de Leonardo permaneceu intocado. O pijama sobre a cadeira, a cama feita para dormir, o lençol dobrado sobre o cobertor, o abajur aceso todas as noites, como a mãe fazia sempre que o filho anunciava sua chegada. O pai morreu e a morte era uma ausência, uma cadeira vazia à mesa do jantar. O pai eram histórias e hábitos quotidianos que não se repetiriam.

Leonardo não morreu.

Nenhum corpo foi velado, não houve lágrimas, despedidas ou alma encomendada aos céus. Leonardo tornou-se uma presença eterna. Sofia sentia culpa, mesmo sem motivo. Sua vida se suspendeu naquela ausência. Era um sentimento difuso. Em sua consciência, ela sabia que não era responsável pelo desaparecimento dele, mas seu irmão não voltaria tampouco. Essa falta não permitia que ela construísse nada, nem em sua vida afetiva, nem na profissional. Era uma parede, obstáculo incontornável dentro dela. Tudo que ela tentava empreender em sua vida parecia sugado por esse abismo.

A dor de sua mãe era mais concreta. Cada vez que o vento batia a porta da cozinha, o olhar de Luisa se voltava para aquele ponto, pois era por ali que, antes, o filho entrava para surpreendê-la. Ela fingia que não tinha percebido sua chegada. Fingia para lhe dar o prazer de cobrir seus olhos com as mãos e fazê-la adivinhar, saltando de alegria. E, por fim, antes que ela dissesse, hesitando apenas para deixá-lo feliz, "É... é meu filho querido!", Leonardo a fazia virar-se, levantando-a nos braços. Luisa ria, e se repetia, inaugural, a surpresa do dia em que, adolescente ainda, ele foi capaz de tirá-la do chão pela primeira vez. Agora, ela era pequena e ele, grande. Leonardo, "o grande", a mãe lhe dizia, sempre que queria censurá-lo por alguma coisa. Mas eram censuras leves, apenas sinais de que ela existia: que não a esquecesse em suas andanças pelo mundo, pois ela não o abandonaria nunca. Ela estaria sempre ali, à espera.

A mãe se ressentia com o pai, por ele não ter podido esperar mais. Então, todos eles iriam morrer, um a um, antes que Leonardo voltasse?

Sofia precisou se arrancar das sombras para as providências práticas depois da morte do velho. Caixão, velório, jazigo, padre... Ficou esgotada quando tudo terminou. Tinha vivido tanto em função do pai nas últimas semanas, na doença e em seus últimos dias, que, agora, após a morte, movia-se no vácuo. O quotidiano parecia sem sentido. Quando enfim o luto se instalou, lápide com o peso do inelutável, havia ainda o inventário. Mais providências, quando ela já não podia mais.

Nesse momento, a morte do pai, certa, irrevogável, caiu no oceano do desaparecimento de Leonardo, como a peça de um navio que jamais seria recuperada. Como dividir bens com um irmão desaparecido? Ele teria se casado? Tivera filhos? As perguntas esboroavam no vazio.

Sofia buscava repostas em repartições frias, mas não havia lugar para o que fugia à realidade ordinária. Como comprovar que Leonardo não podia herdar parte da casa? Como atestar que ele não existia? Os parcos bens dos pais pediam herdeiros. A lei exigia presença física, voz, direitos. Sofia caminhava, sonâmbula, de um advogado a outro, buscando alguém que lhe oferecesse uma solução mais rápida e menos dispendiosa, uma palavra num papel que pudesse substituir o que não havia: a concretude do corpo.

A morte do pai obrigava mãe e filha a remoerem, mais uma vez, aquela chaga: o desaparecimento do filho e irmão. As dores antigas se misturavam à dor do presente, tornando-se uma única dor, constante, intensa, sem lenitivo. Não havia saída, as duas pareciam se afogar nas necessidades de um mundo insensível à angústia da perda.

Sofia queria vender a casa. Assim, sua mãe poderia morar mais perto, começar uma nova vida, menos sofrida. "Meu irmão sumiu sem deixar vestígios", tentava explicar, confrontada com a burocracia dos cartórios, que não previam aquela hipótese. Ela, que sentia tanta falta do irmão, era tratada como alguém que desejava usurpar os bens de um parente que não estava lá para se defender. Seus esforços só a faziam sentir-se cada vez mais impotente. Tentava poupar sua mãe do sofrimento, mas não era fácil.

Vender a casa, no entanto, não era o que Luisa desejava. Pediu que a filha parasse de se debater.

– Desista, só vou sair daqui morta – afirmou, taxativa.

– Mas por quê, mãe? – Sofia tentou argumentar. – Vamos deixar a casa como está, então, até que seja possível encontrar uma solução. Podemos alugar um apartamento para você no meu prédio, assim, estaremos mais próximas, podemos nos ajudar a enfrentar tudo isso.

Luisa meneou a cabeça, inflexível. Sofia compreendeu que não tinha como demovê-la. Ela preferia morrer a desistir. Jamais iria abandonar a esperança de que o filho voltasse, portanto precisava conservar aquele endereço, aquela referência. Um dia o espírito que vagava no limbo da lembrança poderia materializar-se e entrar por aquela porta. E não havia nada que pudesse tirá-la daquele estado de suspensão. A angústia da mãe iria reverberar para sempre naquelas paredes como o lamento de um fantasma.

XV

A tristeza de Luisa repercutiu em Sofia, nessa culpa que ela iria carregar para sempre. Ela amava o irmão, mas sua imagem se tornara um peso: Leonardo era o herói, o mártir que lutara por um ideal. E ela, Sofia? Sua vida parecia tão fútil e vazia diante daquele desaparecimento! A lembrança do irmão se transformava em uma suave autocensura, a cada vez que ela ia ao cabeleireiro fazer as unhas ou quando comprava uma roupa ou uma bolsa nova. Nos momentos felizes, quando se regozijava com a vida, o pensamento voltava, mais incômodo do que nunca. Sofia não se sentia no direito de ser feliz. Saber o que havia acontecido a Leonardo era uma responsabilidade que lhe cabia e que ela não estava cumprindo. Ela tocava sua própria vida, seus interesses e procuras. Mal sobrava tempo para si mesma, mas sentia-se eternamente pressionada a ocupar-se também daquele passado.

Em busca de alívio para esse sentimento, começou a tentar descobrir o paradeiro do irmão. Procurou, inutilmente, referências a Leonardo no *Brasil: Nunca Mais*, livro publicado em 1985, que arrolava os desaparecidos nos chamados "porões da ditadura". Como não encontrou nada, acabou desestimulada. Porém, decidiu ir mais fundo para saber se não haveria menção ao irmão nos inúmeros processos analisados; marcou reunião com o reverendo que dirigia o projeto, em São Paulo. O escritório do pastor ficava na cúria paulistana, pois o reverendo protestante e o cardeal dom Paulo Evaristo

Arns eram amigos e companheiros na luta pelos direitos humanos. Tinham rezado juntos o histórico culto ecumênico em memória do jornalista Vladimir Herzog, assassinado na prisão, em 1975, de forma a simular suicídio.

O reverendo Wright a recebeu com gentileza em sua sala simples e austera. Era um homem alto, usava camisa branca e suspensórios coloridos que lhe davam um ar bonachão. Ouviu Sofia e lhe contou que, como ela, tinha um irmão desaparecido e, também por essa razão, abraçara o projeto com todas as forças de que era capaz. A diferença é que, enquanto Sofia tinha perdido contato com o irmão desde a adolescência, o reverendo chegou a ver algumas vezes o seu no tempo em que ele estava atuando clandestinamente na guerrilha.

– Nos encontrávamos em uma praça de São Paulo, em um banco público, como se fôssemos dois desconhecidos. Conversávamos durante horas...

– E como ele desapareceu? – Sofia perguntou.

– Ele estava em um trem com um companheiro e, ao perceberem que estavam sendo seguidos, combinaram que um desceria em uma estação e o outro, na seguinte. Meu irmão desceu na segunda e nunca mais foi visto. Em nossas pesquisas, acabamos descobrindo que ele foi torturado durante dois dias no DOI-CODI, em São Paulo, e, depois, simplesmente desapareceu – contou, com um acento de angústia na voz. – Talvez você não tenha encontrado seu irmão porque não sabe quais codinomes ele chegou a usar na guerrilha. Como eles raramente instauravam processos, é difícil encontrar vestígios. Só o que podemos fazer é cruzar referências a partir do testemunho dos companheiros.

– Minha mãe sempre achou que meu irmão está vivo, reverendo. Acha que isso é possível?

Ele meneou a cabeça, com tristeza. Não podia afirmar nada. Contudo, Sofia percebeu que ele não via esperança. Pouquíssimas eram as informações que pudessem ajudar: Leonardo tinha ido a Cuba, mas ela não sabia se ele participara de algum treinamento lá. Sempre lhe tinham afirmado que ele havia desaparecido na Guerrilha do Araguaia, mas ela tampouco sabia como sua família obtivera essa informação. Contou ao reverendo que Leonardo tinha ido para casa, uma vez, junto com um companheiro de partido, quando ela era criança...

– Essa é uma informação importante – disse o reverendo –, pois, através dessa pessoa, podemos vir a saber o que ocorreu com seu irmão.

O reverendo refletiu por um momento e continuou:

– Se ele atuou na Guerrilha do Araguaia, pode ter desaparecido sem deixar traços. Dos cerca de setenta guerrilheiros que estiveram lá, a maior parte foi eliminada no local. Outros, depois. Apenas alguns sobreviveram – ele concluiu, com o máximo de delicadeza possível.

Sofia ficou em silêncio. Como era difícil aquela busca! Ao mesmo tempo em que ela ansiava por saber alguma coisa, o medo de chegar a uma verdade terrível a torturava. Ela não fazia ideia, contudo, de que o que viria a descobrir mais tarde seria pior do que tudo que pudera imaginar até então.

XVI

Sofia contou a amigos sua visita aos escritórios do projeto Brasil: Nunca Mais e o caso atraiu a atenção de um jornal que lhe solicitava, vez ou outra, artigos como freelancer. O editor lhe propôs que ela fizesse uma reportagem sobre o assunto que a obcecava.

– Queremos um retrato da Guerrilha do Araguaia sem retoques, nem heroísmos – disse o editor. – Foi uma guerra suja. Além de terem matado muitos soldados em emboscadas, os guerrilheiros cometeram inúmeras atrocidades, fizeram justiça com as próprias mãos, executaram pessoas do lugar por atos que eles próprios definiam como criminosos. Julgavam-se deuses, eram os senhores do bem e do mal e se sentiam mais poderosos ainda, ali, entre pessoas humildes e analfabetas.

Depois desse discurso, deu a volta na sala e postou-se, de pé, em frente à cadeira dela, para lhe fazer a pergunta derradeira, aquela que selaria o contrato, para que Sofia, enfim, se comprometesse a fazer o que ele esperava:

– Você acha que, apesar de seu irmão ter participado da guerrilha, é capaz de produzir um relato que apresente também esse outro lado?

Ela se levantou e disse que precisava pensar no assunto, mas não voltou mais ao jornal.

De qualquer forma, suas impressões sobre a guerrilha eram contraditórias, a queda do Muro de Berlim tinha acontecido há poucos anos e as máscaras de poder do bloco socialista caíam por terra, sucessivamente.

Contudo, Sofia jamais abandonava suas pesquisas, tinha pedido ao dono do sebo que mais gostava de frequentar, em Belo Horizonte, que procurasse e guardasse para ela tudo que pudesse encontrar sobre a Guerrilha do Araguaia. O livreiro lhe telefonou um dia, entusiasmado:

– Venha logo, dona Sofia, pois acho que encontrei um material que irá lhe interessar muito.

Era uma revista publicada em 1978 por um grupo de jornalistas e pesquisadores, entre os quais, Sergio Buarque de Holanda, que produziram um relato multifacetado, com entrevistas com guerrilheiros, lavradores, índios e, inclusive, militares. Os organizadores escreveram uma introdução na qual comentavam o pesado silêncio em torno da Guerrilha do Araguaia. Embora *O Estado de S. Paulo* tivesse publicado, em setembro de 1972, uma reportagem sobre o assunto, nenhum outro movimento político do Brasil havia sofrido tamanha anulação em discursos e publicações, oficiais ou não. Pelo menos até o momento em que esses investigadores publicaram essa revista simples, em papel jornal.

Os jornalistas e o historiador que participaram do projeto tentaram, sem sucesso, ouvir diversos militares, inclusive o ex-presidente Emílio Garrastazu Médici, mas o chefe de segurança lhes respondeu que o general "não falava nem ao *New York Times*". Contudo, foi publicada uma entrevista com o então coronel e senador Jarbas Passarinho. Na época da guerrilha, ele tinha sido ministro da Educação do governo

Médici. Ao ler essa entrevista, Sofia descobriu que o termo "guerra suja" tinha sido cunhado por Passarinho, que falava em "uma guerra suja dos dois lados". A guerrilha acontecera em seu estado – pois o coronel era natural do Pará – e era chamada pelos militares de "Guerrilha de Xambioá", a cidade mais próxima dos destacamentos guerrilheiros.

Passarinho alegava não saber muito sobre os acontecimentos, pois, na época, estaria atuando mais na área da educação; porém, para ele, os guerrilheiros haviam escolhido local estratégico. Ali, em plena floresta amazônica, a população vivia em extrema miséria, sem nenhuma assistência do governo, tornando-se mais vulnerável aos discursos dos insurgentes. Os insucessos iniciais das operações militares teriam obrigado o exército a mobilizar uma espantosa quantidade de soldados. O número oscilava, nos vários depoimentos que Sofia lia e coligia, de cinco a dez mil homens, para combater pouco mais de 60 guerrilheiros.

Em um ato falho, o ex-ministro de Médici dizia, referindo-se ao episódio: "O que alguns podem chamar de chacina, eu honestamente não conheço." O que teria havido, segundo Passarinho, teria sido "uma guerra civil declarada, um processo de guerrilha que eliminou muita gente do lado de cá", ou seja, do lado dos militares. O exemplo que deu para o que chamou de "guerra suja" foi a história que teria ouvido dos soldados, da guerrilheira loura que fora ferida em um combate corpo a corpo. Um capitão ou tenente, segundo o general, imbuído dos "princípios da Convenção de Genebra", teria tentado socorrer a moça, ferida pelos próprios militares, porém ela tirou um revólver do cano da bota e atirou no oficial, tendo sido, em seguida, metralhada pelo resto da tropa. Era difícil perceber, pelo episódio, a razão pela qual o coronel julgava esse acontecimento uma amostra de que os guerrilheiros lutavam uma "guerra suja" ou "guerra porca". Na entrevista, Passarinho esquivou-se como pôde da pergunta sobre a razão do silêncio em torno da guerrilha.

Sofia tinha ouvido a mesma história, com um final diferente: quando os soldados chegaram perto da guerrilheira loura e lhe perguntaram "Qual é o seu nome, moça?", ela teria respondido: "Guerrilheira não tem nome." "Nem nome, nem vida", teriam sentenciado os soldados, descarregando as armas, à queima-roupa, na moça ferida.

Essas histórias contraditórias repercutiam em Sofia, fazendo-a desejar, mais ainda, que tudo tivesse fim. Era demais para ela tudo aquilo. Peso demais. Queria poder esquecer, mas como? Iria carregar esse tormento até sua morte? Essa parecia ser a sina de seus pais. Quanto mais ela pesquisava, mais angustiada ficava. Era como se estivesse reproduzindo, seguidamente, uma mutilação.

Suas pesquisas revelavam, pouco a pouco, fatos terríveis. A cada descoberta, sua angústia recrudescia. Alguns dos jovens teriam sido executados muitas semanas depois de terem sido capturados. Esses guerrilheiros chegaram a colaborar com os militares, ajudando-os a localizar esconderijos na mata, mas isso não os salvou. Todos eram sumariamente eliminados.

Nenhum vestígio deveria permanecer. A Guerrilha do Araguaia se tornara um movimento sem memória.

Até onde Sofia conseguia perceber, por mais que tanto os grupos de esquerda quanto os militares se esforçassem para valorizar o dito "heroísmo" de seus combatentes e para afastar a responsabilidade pelas atrocidades cometidas, em momento algum teria havido, de fato, algum combate significativo. Então, o que tinha sido aquele movimento? Ela se perguntava se tudo não passara de um terrível equívoco, no qual muitas vidas foram ceifadas. Talvez também a do seu irmão.

XVII

Depois da ida ao Brasil: Nunca Mais, um curioso acaso colocou Sofia diante de uma pista. Ao sair de casa, percebeu que ia chover. O vento varria o asfalto. Lembrou-se, com desagrado, que tinha deixado o carro em frente ao prédio, e não na garagem. Desceu com pressa e, de repente, tropeçou em um embrulho.

Agachada no chão, tentando calçar o sapato que tinha escapado do pé, Sofia observou melhor no que esbarrara: era uma mendiga, uma velha senhora sentada na calçada, que se reergueu logo, sentando-se de novo no chão. Tiritava, enrolada em um papel.

– Ei... – Sofia ia dizer que ela não devia ficar junto à porta daquele jeito, pois era inevitável que as pessoas trombassem nela quando saíssem do prédio, mas desistiu. Ajudando-a a levantar-se, perguntou: – Desculpe, machuquei a senhora?

A mulher sacudiu a cabeça, fazendo que não. Balbuciou alguma coisa com os lábios roxos de frio e Sofia percebeu que ela temia uma repreensão. Sem pensar duas vezes, deu à mulher um agasalho que trazia na mão.

– Tome.

Ela não compreendeu. Olhou Sofia com medo, como se o casaco fosse uma arma.

Sofia sorriu, para encorajá-la:

– Não se preocupe, tenho outros, fique com esse, por favor.

A velha estendeu a mão e, ao fazê-lo, soltou uma das pontas do papel com que se cobria. O vento o estendeu um instante no ar. O suficiente para que Sofia prestasse atenção à imagem impressa, antes que a velha soltasse a outra ponta para pegar o agasalho. O cartaz que ela segurava voou. Sofia precipitou-se atrás dele, sob o olhar intrigado da senhora.

A jornalista conseguiu pegá-lo depois de alguns passos e o abriu no ar. A foto de um candidato.

– É ele... – Sofia murmurou, surpresa. – É ele!

Dobrou e guardou o cartaz, dirigindo-se ao carro. Grossos pingos de chuva caíam. Arrancou depressa e, antes de deixar o estacionamento, acenou para a mulher, que a olhava, plantada na calçada.

Na foto, apesar das têmporas grisalhas, Sofia reconheceu o antigo companheiro de Leonardo, o mesmo que estivera em sua casa, quando ela era criança.

XVIII

Sofia voltou para casa perturbada. Despiu as roupas molhadas e tomou um banho quente. Era inverno, mas ela não sabia se os arrepios que sentia eram febre ou efeito da descoberta. Entrou no quarto e, depois de hesitar um momento, decidiu procurar a caixa. Precisou subir em uma cadeira para alcançá-la na parte mais alta do armário, em seu quarto. Deixara ali para evitar a tentação da lembrança. Sempre que estava triste, sempre que se sentia só, nos aniversários, nas datas que marcavam a passagem do tempo e faziam com que ela pensasse mais ainda no irmão, voltava a procurar aquelas fotos e objetos, para buscar algum conforto. Eram os poucos indícios que conservava da presença dele no mundo, e aquelas incursões ao passado acabavam por aumentar sua angústia. As bordas das fotos tinham sido danificadas, aqui e ali, por suas lágrimas. Sofia pegou a caixa e procurou a foto tirada na casa de seus pais, quando tinha uns dez anos, em que Leonardo e seu amigo sorriam. Leonardo a pegava no colo, com visível orgulho, como se ela fosse um troféu. Sofia olhou com atenção o rosto do amigo ao lado do irmão. Sim, era ele, sem dúvida. Então, guardou a foto e colocou a caixa no mesmo lugar. Ligou para a central de informações da telefônica e conseguiu, num segundo, o telefone do candidato que exibia um sorriso falso no cartaz enlameado. Ela jamais pudera procurá-lo, pois não se lembrava sequer do primeiro nome do rapaz que conhecera tantos anos antes. Só guardara um apelido: Taco. O cartaz exibia o nome que ela tanto ansiara saber. Pediu para falar com ele e marcou um encontro, apresentando-se como uma jornalista que desejava entrevistá-lo.

Sofia sentou-se na poltrona, um cobertor sobre as pernas, e continuou a ler o texto que Marcos, seu melhor amigo desde a faculdade, lhe emprestara, sem lhe contar onde o havia obtido. O relato, agora, era de uma mulher. Ela contava tudo, desde o princípio, quando chegara à região da guerrilha.

"Quando desci do ônibus, ele já me esperava. Tinha chegado antes de mim. Viajamos separados para não despertar suspeitas. Estava cansadíssima, depois de dias viajando, a roupa colada no corpo. Em Imperatriz, no Maranhão, compramos mantimentos, remédios, roupas, panelas, facão e um machado. Nada que fizesse supor que éramos mais do que simples lavradores, embora nossa linguagem e nossa aparência nos denunciassem como universitários. Tomamos um barco para descer o rio Tocantins e tivemos que mudar para um barco a motor para subir o Araguaia contra a correnteza. Ali, começamos a nos sentir mais seguros, podíamos conversar com as pessoas, mas a sensação de estar sendo seguida não me abandonava. Ele contava que éramos casados e estávamos indo visitar uns tios, talvez ficar, se desse para fazer a vida na região. O barco era um fuso que se desenrolava pelo rio, deixando um fio atrás de si. Porém, esse fio logo se desfazia. A água voltava a ser opaca. A agitação causada por nossa passagem parecia produzida pelas inquietações que me possuíam.

"Uma senhora retornava de Imperatriz com duas crianças. O marido tinha ficado em casa, trabalhando no seringal. Os meninos, doentes, passavam o dia deitados em panos que ela estendia no chão do convés, os olhos febris. O calor e os mosquitos não ajudavam. O menor morreu, me contou, prostrada. Foi quando a mãe decidiu ir embora para tentar curar os outros. Eu os observava, consternada. Por isso, ela decidiu voltar. Não conseguia ficar longe do rio. O rio tem tudo que a gente precisa, explicou.

"É uma gente bonita, sorriso largo no rosto, o rio no fundo dos olhos tristes."

De repente, o relato mudava para o tempo presente, o que intrigou Sofia, como se a mulher estivesse escrevendo naquele exato momento.

"O som dos grilos e dos sapos causa em mim um efeito hipnótico, como se adentrássemos um sonho. Ao mesmo tempo, as ações práticas que somos obrigados a executar criam um efeito de hiper-realidade, ausência de passado e de futuro. Só existe o presente, vamos apagando devagar tudo que fomos. O barco sobe, lento, e, perto das margens, precisa parar às vezes, engastalhado em bancos de areia. Quando isso acontece, os homens descem para empurrar. Dormimos sob as estrelas, todos juntos. Ele me abraça, protege meu corpo do contato dos outros. Eu acordo à noite, com o ritmo constante dos barulhos na mata. Sinto conforto ao ouvir as respirações cadenciadas dos homens dormindo. Passamos por lugares mais difíceis de navegar. Os homens descem e desembaraçam o barco preso nos juncos ou na lama. Os barqueiros, um velho e seu filho, se alternam na condução. Perscruto os olhos deles, me passam confiança. Então não é dali que vem essa angústia. Onde estão esses olhos que me perseguem? Dentro de mim?

"Um jacaré na beira do rio. Temos que aprender com os bichos, disse A. Os macacos espreitam numa árvore e saem em arruaça quando nos aproximamos. Pássaros atravessam o céu. Difícil acreditar que estamos numa guerra. Porém, temos confiança, certeza de que esse é o caminho que queremos tomar.

"Os barqueiros nos ensinam a remar. Eu olho para A., na canoa, quando paramos um pouco para pescar. Harmonioso o movimento dos braços, em círculos. Ficamos quietos. Assim não espanta os peixes, dizem. A barba cresce e ele parece mais maduro, a cada dia. Tivemos que deixar tudo. Deixar o mundo em que vivíamos, para sempre, para começar uma nova história. Foi uma opção ditada pelo amor. Descobrimos a causa e um ao outro. Mas já não tínhamos vida, nossos dias eram uma fuga constante. E não podíamos mais nos separar, se for para morrer, morreremos juntos."

Sofia parou a leitura, um nó na garganta. O acordo silencioso daquele casal que subia o rio em direção à morte a fascinava. O que os tornava tão próximos era essa experiência-limite?, ela se perguntava. Talvez essa não fosse a questão, talvez todo amor, no princípio, seja assim. Quem seria aquela mulher? A única pista era aquela inicial "A.", de seu companheiro. Seria um nome verdadeiro ou codinome de guerra? Não havia nomes no manuscrito. Procurou, mas não viu assinatura. Quem tinha escrito aquele relato? Sua curiosidade aumentava. Lia de forma irregular, escolhendo passagens ao acaso, e começou a tentar garimpar aquelas que pudessem conter alguma referência a tempo ou lugar.

Aparentemente, era uma espécie de diário escrito por alguém que teria participado da guerrilha. Sofia sentia-se quase impelida, como um chamado, a algo que desconhecia. Abriu o relato ao acaso e leu outro trecho:

"Sentei-me, encostada na árvore. Tínhamos caminhado durante horas e íamos acampar ali. De repente, A. disse, em voz baixa: Não se mexa. Fique o mais quieta que puder.

"Segui o olhar dele sem mexer o pescoço. Fiquei transida de pavor ao distinguir as cores da enorme serpente, bem ao lado do meu rosto. A língua no ar, único traço de rapidez no movimento. O dorso descia sem pressa, quase roçando meu braço.

"O suor escorria pela minha testa.

"Shhh... calma, não faça nenhum movimento brusco. É uma sucuri. Não vai te morder.

"Os anéis ondulavam, eu quase sentia a textura fria de sua pele. Atravessou os arbustos a meus pés e desapareceu, sinuosa, na mata fechada.

"Respirei fundo. O comandante riu: Se a gente ainda não tivesse comido, seria um bom almoço! Sorte a dela: não será desta vez.

"Lembrei de quando eu tinha quatro anos. Um cachorro preto latiu para mim. Chorei. Minha mãe me pegou no colo. O suor em minha pele. Shhh... Calma, ele não faz nada, não. Vem aqui, veja... Fez com que eu passasse a mão no pelo duro do animal. Não tenha medo de nada, nunca. Não precisa. O medo está dentro da gente."

Medo. Era o que ela, Sofia, sentia. Mas medo de quê? Ela não ansiava saber o que havia acontecido ao irmão? Estremeceu, o passado era um som estridente no escuro. Um buraco negro.

XIX

A personagem embrenhava-se na floresta. Sofia caminhava com ela, imaginava o irmão ali, quase como se divisasse o movimento de suas espáduas, abrindo picadas na mata.

"Chegamos à noite. Fizemos a última caminhada a pé, uns quinze quilômetros, para que ninguém percebesse para onde estávamos indo. Os mosquitos castigam demais; mesmo tomando antialérgicos, nossos braços estão vermelhos e inchados das picadas. Os companheiros fizeram muita festa quando chegamos. Assaram carne e conversamos até a noite cair, apesar de estarmos mortos de cansaço. Descreveram como era o trabalho, antecipando a divisão de tarefas que vamos enfrentar. Moram cinco nesse destacamento, duas mulheres e três homens. Vão nos ajudar a construir nossa casa. Estavam esperando que meu companheiro chegasse. Só ali descobri que ele é considerado exímio atirador, parece que aprendeu no exército. Por enquanto, essa habilidade vai servir apenas para caçar. Eu vou dar aulas, alfabetizar pessoas, adultos e crianças. É o que quero fazer.

"Os companheiros nos contaram um pouco sobre a região e as famílias dos posseiros que moram perto. Eles têm muitos problemas com os grileiros e a polícia. O comandante do destacamento deixou claro: Não tem volta. Estamos juntos, pro que der e vier, mas não tem volta.

"Sabíamos antes de vir que seria para sempre, mas há uma inquietação que não me abandona, uma sensação de morte que me ronda, como se alguém me espreitasse o tempo todo, sem que eu soubesse. Deram-nos botinas e armas, por enquanto, apenas para caçar. As minhas são um pouco maiores do que meus pés, colocaram palha para que coubessem. Quando der, compraremos outras, disseram.

"Um velho do lugar nos explicou como cortar folhas de babaçu para a cobertura de nossa casa. Impressionante como veda bem, a gente fica ao abrigo da chuva. Fizemos primeiro esse teto, e ficamos tão felizes quando ficou pronto que dormimos em redes armadas nas estacas, cercados por uma ciranda de árvores. Lua cheia, todos os bichos parecem sair à noite. Pelos sons, pressentimos a intensa vida noturna ao redor. No barco, custei a me habituar à escuridão. Começo a sentir conforto sob as estrelas. Antes eu tinha tanto medo, agora, só no escuro me sinto segura. No princípio vamos morar sozinhos. Em breve, chegarão mais pessoas. Seremos quatro companheiros em cada barraco, sobre o chão de terra. Não há quartos, só as paredes e a porta de entrada, o fogão à lenha no centro. Somos posseiros, como quaisquer outros. Mas os habitantes não têm nem enxadas e não há luz elétrica. Vou dar conta de viver nesse lugar?

"Há bons momentos, porém. Os moradores de ranchos próximos vieram em mutirão nos ajudar a terminar nosso barraco. Minhas mãos ficaram feridas pelo esforço, mas, quando acabamos, comemos todos juntos, foi uma festa. Nessas horas, tudo parece voltar a fazer sentido para mim. Nos ajudaram também a capinar as primeiras clareiras na mata fechada para fazer nossas roças. Abrimos picadas com o facão para chegar ao rio e termos umas saídas, em caso de emergência.

Um vizinho me contou o que fazer, em seu jeito de falar rico em palavras que eu não sabia. Ele ia me explicando, deleitado pelo meu interesse em conhecer tudo: a corrida no eito é assim, mostrava com gestos o alinhamento do mato. 'A moça precisa capinar desse jeito, assim não corre risco de se machucar. O corte do mato com o facão é a juquira. Às vezes precisa derribar umas árvores. Só depois começa a coivara, a limpeza da terra, para plantar.'

"Apareceram bolhas em minhas mãos. Quando elas estouraram, sangrou, e doía. Um companheiro me disse: É assim mesmo, você deve continuar, apesar da dor. Em pouco tempo se formará uma crosta e não sentirá mais nada. Fiquei horrorizada quando ele me fez apalpar as mãos dele para explicar. Eu gostava da maciez das minhas mãos. Não queria que elas ficassem ásperas para sempre. Um amigo me ensinou a usar meias como luvas para continuar trabalhando na roça. Morro de dor, quero parar, o chefe não deixa. Diz que ninguém parou até agora. No trabalho, não deve haver distinção entre homens e mulheres, ele afirma, peremptório. Meu companheiro me olha, constrangido, percebo que está arrependido por ter me trazido. Por um momento, pensei que ele tinha vergonha da minha fraqueza, mas compreendi que não. O que o perturba é que ele não queria estar me fazendo passar por tudo isso.

"Alternamos o tipo de serviço para não cansar demais. Cada dia um cozinha e corta a lenha para o dia seguinte. Também nos revezamos para lavar a roupa e costurá-la quando necessário. Nós mesmos fabricamos nossas mochilas, com todas as divisões, com lona verde e fivelas que compramos.

Por que não as compramos já prontas? Por precaução? Isso não chamaria atenção, uma vez que as colocamos dentro de sacos quando precisamos ir a lugares habitados. O chefe explica: É importante que a gente dependa apenas de nós mesmos em tudo. Para mim, parece um esforço inútil. Como é duro estar aqui! Tenho saudades da minha casa, do conforto que deixei. Os lençóis limpos, a água quente do chuveiro, o carinho de meus pais. Nunca mais voltarei a vê-los? Começo a achar tudo um absurdo.

"Quando estou menstruada, o sol forte faz minha testa latejar, parece que vai estourar. Tudo fica muito mais difícil. Nós, mulheres, usamos pequenas toalhas para estancar o sangue, e temos que lavá-las a todo momento, sem água encanada. É preciso ir ao rio e é constrangedor quando há algum companheiro por perto. Volta e meia o sangue vaza. No chão ou nos lençóis. Me sinto muito mal quando isso acontece. Tenho vontade de morrer.

"Desmanchei a bolsa que havia trazido, já muito rota, para aproveitar os botões. Encontrei, no fundo, a bolsinha pequena, com meu xampu preferido, desodorante, apetrechos de maquiagem e manicure. Fiquei olhando aquilo tudo, sem entender, como se pertencessem a outra pessoa, a uma mulher que ficou longe, longe, num passado remoto. De repente, me ocorreu que o alicate de unhas podia servir para arrancar uma farpa que se incrustara na palma da minha mão. E foi como se o tivesse trazido de propósito, como se tudo fizesse sentido na crueza daquela realidade. Tive vontade de chorar. Eu preciso de todas as migalhas de certeza, pois minha vontade é ir embora correndo. Mas é impossível. Quando isso terá fim? Chegarei a sair desse lugar? Minha respiração fica opressa quando me faço essas perguntas.

"Estou toda picada de mosquitos, até dormindo com a rede fechada. Não adianta, eles passam pelo tecido grosso, incomodam demais. Uma vez, uma mosca-varejeira entrou no ouvido de um companheiro e ele ficou louco de dor. Sem saber o que fazer, acabamos decidindo colocar creolina no ouvido dele, ainda que ignorássemos se podíamos nos valer desse recurso. Mas ele estava tão desesperado que tínhamos que fazer alguma coisa. Felizmente deu certo, a dor acabou e ele ficou bem. Depois, um nativo nos contou que é o que eles fazem em casos semelhantes, o que nos deixou aliviados. Não tínhamos a menor ideia do que poderia acontecer, pois usamos creolina para curar bicheiras dos bichos. Eu tinha pavor de insetos quando era menina, como podia saber que viveria um dia o que estou vivendo aqui?

"Quando estamos na mata, dormimos junto ao fogo, ouvindo os animais correndo perto. As dificuldades são desafios, diz o chefe. Mas... e essa tristeza que não me abandona?"

Nesse ponto, Sofia percebeu que havia um intervalo no relato. Começava a sentir um incômodo crescente ao lê-lo. Por vezes, tinha vontade de parar. Não sabia se a angústia vinha do que lia ou da lembrança de seu irmão, da suposição de que ele vivera uma experiência semelhante. Perguntava-se por que não interrompia a leitura, mas algo a impelia a continuar. Experimentava um sentimento que ia além do simples prazer de *voyeur* diante das divagações de outra pessoa: começava a se envolver com as histórias da autora desconhecida. O relato mexia com coisas que Sofia ignorava estarem tão mal resolvidas dentro dela.

XX

Sofia estranhou o fato de não ter prestado atenção na foto de Taco antes. Com certeza, já tinha visto aquele rosto. A memória encontra aquilo que busca, disse a si mesma. Não pensava nesse colega do irmão há muito tempo.

O encontro seria em um café, em frente ao escritório de advocacia em que o candidato trabalhava, quando não estava fazendo política. Não havia necessidade de subterfúgios, já que Sofia queria apenas perguntar-lhe se tinha alguma noção do paradeiro de Leonardo ou qualquer informação do tempo da guerrilha que pudesse auxiliá-la a descobrir o que acontecera com o irmão.

Ele a olhou com olhar sombrio. Sofia insistiu:

– Por favor, diga-me o que lembra, preciso saber alguma coisa e você é minha única esperança. A última notícia que tivemos do meu irmão é que ele foi parar na Guerrilha do Araguaia...

Ele acendeu um cigarro e fumou em silêncio por alguns instantes. Olhava as baforadas de fumaça, como se estivesse distraído, mas Sofia intuía um tumulto dentro dele. Por fim, falou:

– Era outro tempo, nós éramos jovens, muita adrenalina correndo nas veias, nos achávamos os donos da verdade... Hoje, quando penso no que vivemos...

Fitou o nada com um olhar inexpressivo. Abriu a boca, como se fosse falar, mas tossiu e engoliu em seco. Hesitava sobre lhe contar alguma coisa? Sofia não se conteve:

– O que aconteceu? Por favor, preciso muito saber. Sonho com meu irmão até hoje. Tenho a impressão de que o tempo parou depois que ele se foi. Não vou resolver nada em minha vida enquanto não souber o que aconteceu com ele.

A insistência foi um erro, mas quando Sofia percebeu isso, já era tarde demais. Ele engoliu o resto do café e olhou o relógio:

– Desculpe, preciso voltar ao escritório, pois uma pessoa está me esperando.

Ela fez menção de retê-lo, mas entendeu que seria inútil. O advogado apertou a mão dela, em um gesto formal.

– Sinto muito. Gostaria de ter podido ajudar mais – ele murmurou, de forma mecânica, sem emoção.

Sofia pensou que, tantos anos depois, a sensação que tivera quando criança se confirmou. Ela nunca simpatizou com esse colega do irmão. Despido do dogmatismo apaixonado que exibia naquela época, parecia agora um homem frio e dissimulado. Diante das xícaras vazias, o cheiro de cigarro em suas narinas, ela se sentia ainda mais só. Não sabia o que esperava – que ele lhe contasse, de repente, que Leonardo estava vivo em algum lugar? Estava desapontada. O advogado sabia alguma coisa que não quisera revelar? Ela não tinha certeza. Talvez o que a fazia supor que houvesse algo mais fosse apenas o desejo de uma revelação que a tirasse do torpor em que se encontrava.

Ficou parada no café, olhando-o afastar-se.

XXI

Depois da morte do pai, Sofia passou a cuidar da mãe, à sua maneira, levando-a ao médico de vez em quando. Para suportar o sofrimento depois do desaparecimento do filho, Luisa tinha construído um mundo muito organizado. Essa regularidade se tornara essencial, como o ar, após a morte do marido. A existência era uma agenda de coisas mínimas: a hora do remédio, da novela, do almoço e do jantar.

Quando Sofia era criança, Luisa tinha recebido um prêmio importante por um livro de poemas, mas nunca conseguiu publicar a obra. Mantinha um quarto, com uma poltrona junto à janela, onde passava horas mergulhada na leitura. No centro, cercada de estantes de livros classificados de uma forma que só a mãe entendia, a máquina de escrever habitava soberana. Proust repousava na estante ao lado de Virginia Woolf, Machado de Assis com Eça e Flaubert. Luisa não gostava que ninguém entrasse ali, temia perder a intimidade de seu escritório. De portas fechadas, passava horas escrevendo. À noite, quando as crianças estavam na cama, o tec tec espalhava-se pela casa. Sofia cobria a cabeça com a coberta, aterrorizada. O som constante a assustava, era como se alguém estivesse querendo entrar na casa, forçar uma passagem. De dia, a máquina de escrever não a impressionava menos. Quando a mãe saía, a menina abria a porta do quarto, cautelosa. Dava uma espiada no escaravelho negro sobre a mesa e se afastava correndo.

Certa vez, Sofia presenciou uma discussão entre a mãe e o pai. Ela queria publicar seus poemas por conta própria, mas o pai achava caro. "Quem vai querer ler *isso*?", ele dizia. Luisa não tinha argumentos para contradizê-lo. Refugiou-se, então, cada vez mais, em seu mundo. Os filhos e o marido não tinham acesso àquela região obscura.

Luisa tinha algum problema em relação à água: não podiam deixar vazar nada quando tomavam banho; as vasilhas precisavam ser lavadas, na pia, com um fio da torneira, sem que uma gota se espalhasse. O fluxo da água a lembrava da vida, da imprevisibilidade das coisas. Tudo a que ela fora obrigada a renunciar, enfim.

Sua vida era a casa. Todas as coisas em seus lugares. Uma casa que Sofia também amava: as portas abertas para os jardins, o silêncio, os gatos se insinuando pelos canteiros, em motivações invisíveis. Dizem que os gatos apegam-se às casas, não às pessoas. A mãe também era assim: ela pertencia à casa, não o contrário.

Nunca foi feliz no casamento. Alegava que o marido era um homem sem horizontes. A verdade é que, muito antes do desaparecimento do filho, ela o responsabilizava por não tê-la deixado realizar seus sonhos. Talvez o pai temesse a ânsia de liberdade que se adivinhava sob aquela tranquila superfície de dona de casa. Quando disseram a ela que talvez Leonardo estivesse morto, Luisa entrou em depressão. Não queria mais ir à missa ou às compras, não se penteava e se recusava a comer. Aos poucos, parou de falar até emudecer. Um dia, não se levantou mais da cama e seus cabelos embranqueceram.

Sofia achava que sua mãe nunca mais iria se restabelecer, e vê-la daquele jeito aumentava seu sentimento de impotência. Doía em Sofia a inutilidade de todas as procuras.

Depois de alguns meses, à custa de remédios poderosos, Luisa recomeçou a alimentar-se e emergiu. Acordou outra pessoa. Seu espírito se abrandou. Mesmo que não ousasse confessar, Sofia amava mais essa segunda mãe, renascida. A água vertida nos cantos por goteiras invisíveis já não a incomodava, não se preocupava com as folhas que caíam das árvores no terreiro, nem se lembrava de fechar as janelas antes da chuva. A harmonia aparente ocultava a dor. Só a rotina diária a mantinha. Sua vida era, cada vez mais, um pêndulo.

Um relógio na parede.

XXII

Nos anos 80, o tempo das guerrilhas ficara no passado, a ditadura estava em seus estertores, mas, na faculdade, o marxismo ainda estava em voga e regia reuniões inflamadas. Questões irrelevantes eram debatidas como se o destino do mundo estivesse em jogo. Os jargões das assembleias continuavam os mesmos, e também as pressões por tomada de posição. Para os estudantes, a luta armada era um episódio recente e romântico: viver na clandestinidade, enfrentar a perseguição policial e ter a consciência protegida por um ideal.

Por volta da metade do curso de jornalismo, aumentando a preocupação de seus pais, que julgavam ter perdido um filho por causa da influência de companheiros, Sofia fez amigos no Borges da Costa. O velho hospital desativado tinha sido invadido pelos estudantes, que o transformaram em moradia. Ali, ela descobriu a maconha e o sexo.

Lia tudo que lhe caía às mãos, de Clarice Lispector a Freud, de Nietzsche a Carlos Castañeda, e suas conversas giravam mais em torno da literatura do que da vida.

Os amigos lhe apresentaram a maconha. Ela tossia muito, mas, por toda sua existência, o aroma que às vezes lhe chegava, em momentos inusitados, despertava-lhe uma doce nostalgia desse tempo de descobertas. Nessas horas, seu amigo Marcos lhe dizia, brincalhão, com fingida solenidade:

– Esse é o melhor exemplo do que acontece na *Recherche*, de Proust. A maconha é a nossa Madeleine, Sofia, o cheiro que nos faz evocar o passado.

Tornaram-se amigos inseparáveis desde essa época. O Borges da Costa atraía Sofia, ao mesmo tempo em que agredia suas maneiras bem-comportadas. Por isso, não se mudou para lá, como muitos de seus colegas, mas passava grande parte de seu tempo por ali. Em grupos de duas, até quatro pessoas, os estudantes conversavam horas, depois faziam caminhadas clandestinas pelos pátios entregues ao abandono, parando de vez em quando para "dar um tapinha".

Os alucinógenos tornavam oníricos esses passeios. A luz da lua se filtrava por entre as frestas dos telhados carcomidos do velho hospital, as salas de paredes sujas mergulhadas em obscuridade. O mato invadia os pátios e jardins. Sofia tinha a impressão de um sentimento trágico do mundo. As paredes guardavam uma poesia de coisas derruídas. Porém, as ruínas falavam menos da liberdade do que da impossibilidade do futuro, traduziam a impotência diante de forças que pareciam inelutáveis.

XXIII

Marcos contou-lhe como ficou estarrecido, na faculdade, quando um colega mais velho, daqueles militantes eternos que nunca saíam do mesmo período do curso, resolveu mudar de cidade e, ao partir, chamou-o em seu quarto para lhe dar um presente. Tirou uma coisa do armário, embrulhada em panos, colocou-a no catre, onde ambos estavam sentados e, enquanto desfazia o embrulho, começou a desfiar um confuso discurso sobre como Marcos deveria continuar aquela missão que ele não tinha dado conta de levar a cabo. Afinal, era hora de outra geração assumir, pois os ditadores continuavam lá. Marcos riu, com a ironia que o caracterizava:

– Cheguei a pensar que era dinheiro, sabia? Que o cara ia me dar um punhado de dólares, ou coisa parecida, guardados para uma causa que jamais se realizaria, e que eu poderia usar para ir ao Peru, quem sabe? Todos nós sonhávamos em conhecer Machu Picchu, lembra? Nosso mundo já era outro.

Sofia riu e concordou. Era isso mesmo. Nos anos 80, eles tinham o pé mais no esoterismo do que na política. As utopias, esvaziadas, eram miragens do passado. Perguntou:

– Mas o que era o embrulho, afinal?

– Você nem imagina, Sofia! Era uma arma! Um 38, eu acho, meio enferrujado nas bordas, estava se vendo que nunca tinha sido usado. Eu olhava para aquilo, espantadíssimo, não conseguia nem pensar em pegar... imagine, uma arma?!

Sofia começou a rir.

– E ele percebeu que você ficou assim?

– Claro! Mas para ele era seriíssimo: me olhava com o cenho franzido, com aquela cara amarrada de militante empedernido. Ficou muito nervoso quando eu disse que não queria, de jeito nenhum, que ele devia enterrar aquilo em algum lugar, bem fundo, de forma que ninguém encontrasse, nunca mais. – Marcos reforçou: – Nunca mais, mesmo! Recomendei que ele desse umas marretadas nela antes, para destruí-la.

Marcos conseguia ser muito engraçado, quando queria. Sofia ria. Continuou:

– Fui embora, na mesma hora, sem ousar me virar de costas para ele, braços meio levantados, assim – fez o gesto –, como que querendo dizer que eu me rendia, fosse o que fosse... Ele não precisava ir às últimas consequências... Afinal, eu não sabia o que podia acontecer se ele ficasse furioso só porque eu não queria aquela arma.

Sofia ria mais ainda, com a expressão do amigo. Marcos encenava o episódio, exagerando para diverti-la. Trouxe-lhe um copo de água e ela tomou um gole, os olhos molhados das gargalhadas. Quando se acalmou, ele a admoestou, em outro tom:

– Sei que você quer saber o que aconteceu com seu irmão, mas devia continuar vivendo, apesar disso.

– Eu só queria saber o que aconteceu.

–Essa guerrilha foi uma mancha na história do Brasil, Sofia, mas sobretudo pela estupidez, pela inutilidade de tudo. Um punhado de jovens que se enfiam no campo, num país desse tamanho, sonhando em mudar o mundo...

– Todos eram encantados com a revolução cubana na época, querido. Eles achavam que ia ser uma operação rápida e triunfante, como na Sierra Maestra. Iam voltar vitoriosos...
– Revolução ou tomada do poder?
Sofia sacudiu os ombros. Não tinha como discordar. Marcos continuava:
– Veja o que aconteceu no Araguaia: uma tragédia, todos mortos. Tão meninos. Alguns... – hesitou antes de falar – foram torturados de formas horríveis, e para quê? Me diga, pelo quê?
– Eu sei, Marquinhos, foi tão violento que é como se não tivesse acontecido, parece uma fantasia perigosa que acabou se tornando um pesadelo.
– Tudo não passou de um grande delírio, isso sim. Dos dois lados. Em um país desse tamanho, eles acharem que iam fazer a revolução apenas convencendo um punhado de gente no campo! E o exército inteiro atrás deles... Tudo completamente sem sentido. De um *nonsense* atroz. Teria sido ridículo, não tivesse sido tão trágico.
Sofia concordou, consternada, mas não podia pensar em outra coisa. Precisava saber alguma coisa, mínima que fosse, sobre o destino do irmão desaparecido.

XXIV

Marcos era uma das figuras mais populares de Belo Horizonte: politizado, cheio de amigos, dado a experiências com alucinógenos das quais Sofia não participava, nem ele a convidava – a não ser para as rodas de maconha. No fundo, o amigo se esforçava em protegê-la, sentia-se responsável por ela, como se ocupasse o lugar do irmão desaparecido. Ele e Sofia tinham se conhecido na faculdade. Marcos não chegou a conhecer Leonardo, mas Sofia falava tanto nele que o amigo daria tudo para tê-lo conhecido. Sabia do trauma que o desaparecimento do rapaz provocara na família. Condoído com o sofrimento deles, aproximou-se da mãe de Sofia. Luisa vivia imersa em saudades do filho desaparecido e projetava em Marcos parte desse afeto. Compartilhavam também o amor pela literatura. Frequentemente os dois emprestavam livros um para o outro e conversavam sobre o que liam, os olhos luminosos, como se trocassem confidências. Sofia invejava essa afinidade.

Marcos recebia os amigos em casa e perdiam horas em discussões acaloradas sobre os mais variados assuntos, o baseado de mão em mão. A turma tinha diversões sofisticadas, como assistir ao horário político na TV apenas para rir dos candidatos da Arena e do MDB – os únicos partidos autorizados durante a ditadura –, imitando os gestos e cacoetes dos políticos. Elegiam ídolos de mentira, sempre os que achavam mais esdrúxulos. Era uma forma inocente de reagir contra a pobreza de propostas que começavam a ressurgir na "lenta, gradual e segura" abertura política, nas palavras do presidente Geisel. De vez em quando, Sofia dava uns tapinhas, para não parecer uma alienígena. Na verdade, o cheiro a atraía.

Marcos fazia filosofia e logo começou a lecionar, ele era uma mistura curiosa de cartunista e filósofo, com uma imaginação incrível e o tempo e a paciência de um monge. Apenas para se divertir, criava cenas dentro de caixas de papelão ou redomas de vidro: figuras que se equilibravam em bicicletas impossíveis; escadarias que terminavam em bordéis retratados com humor.

Os amigos de Marcos eram simpáticos, todos meio bicho-grilo, aquela geração que era também a de Sofia – não mais hippie, nem guerrilheira. Eram jovens que faziam cursos de artes ou ciências humanas. De vez em quando, um baseado; às vezes, LSD. Vestiam-se de forma descontraída, com saias e túnicas coloridas, compradas, em geral, em lojas de roupas usadas. Suas ideias eram progressistas, mas não chegavam a ser ativistas. Mais tarde, alguns montaram negócios alternativos de sucesso, como restaurantes de comida natural, produtoras musicais ou brechós.

Era um tempo em que todos faziam sexo com todos e transar era apenas uma forma de conhecer pessoas. Pouco mais do que um beijo. Sofia não se sentia muito à vontade nesse universo. Teve uma ou outra relação, mas acabava se afastando. Talvez Marcos tenha ficado em sua vida para sempre porque jamais houve entre eles algo além de amizade.

XXV

Assim que chegou em casa, Sofia sentou-se na cama, acendeu o abajur, dirigindo a luz com cuidado para as páginas do livro, e recomeçou a leitura.

"O maior desafio é a mata. Ela vai ser nosso refúgio, nossa morada. Precisamos aprender a compreendê-la: saber como retornar quando nos embrenhamos nela; aprender a caçar; não ter medo de cobras ou de dormir na selva. No princípio, nos afastávamos alguns metros e era difícil voltar. Agora, já conseguimos nos distanciar um pouco mais. Aos domingos, costumamos almoçar e caminhar dois ou três quilômetros mata adentro. Fiquei apavorada quando o chefe disse que iriam fazer o teste comigo: alguém me deixaria em um ponto, a alguns quilômetros da casa, e eu teria que retornar sozinha, sem ajuda. Pedi ao meu companheiro que não se afastasse demais, que ficasse em algum ponto onde me ouvisse gritar, se fosse o caso. Ele disse que só podia ficar uma hora por ali, e depois teria que voltar. Entrei na mata com o coração descompassado. Não era tão difícil, eu só precisava seguir a trilha aberta a facão, mas a floresta era tão densa que ficava escura e úmida mesmo durante o dia. E eu estava traumatizada, tinha pavor que alguma cobra aparecesse. Não posso mais, chega, me dizia, preciso dar um jeito de ir embora. Mas como sair desse lugar? Levei o dia todo para retornar ao acampamento. Cheguei à clareira quando a noite caía. Ficaram satisfeitos ao me ver, mas meus nervos estavam em frangalhos. Não posso mais.

"O que não me mata, me torna mais forte, repete o companheiro filósofo, glosando Nietzsche. Todos os dias, acordamos com o sol, fazemos ginástica por uma hora e meia mais ou menos, quando não passa ninguém e só se ouvem os pássaros. Que balbúrdia fazem, ao amanhecer! Fazemos exercícios para enrijecer os músculos: corrida, camuflagem, rastejamento. Treinei como carregar um companheiro ferido. Consigo fazer apenas poucos metros, meu pescoço lateja. Não é fácil ser tratada de igual para igual, como os companheiros homens. Não adianta, não temos os mesmos músculos, por isso precisamos nos esforçar em dobro, e ai de quem reclama, o chefe nos vigia e distribui mais trabalho aos que julga menos capazes.

"Corremos uma hora na mata, todos os dias. Tropeço e caio muitas vezes, estou toda machucada dos espinhos e das quedas. Aprendemos a nadar com peso nas costas. Outro dia, quase me afoguei com a mochila. A. teve que mergulhar e me ajudar. O chefe o repreendeu. 'Eu não podia deixá-la morrer', ele disse. O chefe replicou: 'Se tivesse se segurado, ela daria um jeito. Aqui, todos temos que aprender a sobreviver sozinhos.' E me fitou com olhar duro. Percebo que o chefe me acha fraca. Não me importo, sou mesmo. Não estou aguentando tudo isso. A. me ajuda o tempo todo, me incentivando ou partilhando as tarefas comigo. Isso me conforta, mas não é suficiente para aplacar minha vontade de sumir. Vivo com a certeza de estar sendo seguida. Acordo sobressaltada. Contei para A., ele sorriu. Disse que só pode ser por causa dos bichos. Na floresta, há olhos por toda parte.

"A mata oferece muita comida que a gente, por desconhecer, não aproveita. Aprendi com um rapaz, filho do vizinho posseiro, os nomes de algumas raízes e frutas silvestres. O melhor, para mim, é conhecer essas pessoas, estar em contato com elas, aprender o que elas sabem, que não é pouco. O garoto me ensinou como obter água de um tipo de cipó, chamado juá, e também a reconhecer o inhame. Mostrou como encontrá-lo na roça velha, a capoeira. Ensinou como arrancar os tubérculos do solo com cuidado, para não arrebentar os fios que os ligam uns aos outros. Assim, você consegue pegar todos de uma vez, ele disse. Como a maior parte dos jovens daqui, ele é forte, porém franzino, e percebo que me olha com admiração. Eu acho graça. Um companheiro encontrou inhame nas capoeiras, nos chamou e pediu para levarmos sacos. O comandante o repreendeu por ter saído sem avisar. Mas tínhamos pouco mantimento guardado e, por via das dúvidas, o chefe resolveu conferir e ficou surpreso. Muito inhame! Do roxo, o mais gostoso de todos. Preparamos com nacos de carne de sol.

"Há dois dias, quando caminhávamos pela mata, apareceu um bando de queixadas. Tive medo, quase fomos atacados. Subimos rápido em uma árvore. A. me ajudou e respiramos lá em cima, aliviados. Os porcos selvagens passaram em trote violento. Alguns farejaram a árvore com fúria, sentindo nosso cheiro, mas escapamos. Perguntei a A. onde ele aprendeu tanto sobre a vida na selva, e ele riu. Um morador tinha acabado de lhe contar o que fazer nesses casos. Para ele, parece natural o que, para mim, é tão difícil. A carne é boa, mas é arriscado, pois os porcos-do-mato podem matar uma pessoa, sobretudo se atacam em bando. Ao primeiro tiro eles fogem, mas não estávamos com arma de fogo, escapamos por pouco.

"Um mateiro nos ensinou a fazer armadilhas, para caçar sem fogo e sem risco. Usamos fios de bananeira e, para pegar os bichos, temos que saber muito sobre eles: como fazer os tatus saírem dos buracos e como tapar as tocas dos caititus, os porcos-do-mato, para pegá-los. Ateamos fogo à palha seca para matá-los sufocados pela fumaça, como os nativos fazem. Nós os assamos em espetos e comemos com arroz preparado na areia. Embrulhamos o arroz em um pano e colocamos sob a areia aquecida com brasas. Assamos o peixe assim também.

"Ontem, vi um tatu entrando na toca. Estávamos famintos. Um morador nos ensinou a fazer um jiqui na entrada do buraco. Ficamos a noite inteira de tocaia. O animalzinho tentou sair, mas vendo algo estranho, recuou. No dia seguinte, cavamos para tentar encontrá-lo, em vão. À noite, dormimos de novo no local. O tatu fez nova tentativa de fuga, procurando contornar a armadilha, e acabou se escondendo de novo. Aí apelamos para outro recurso: enchemos de água o refúgio dele e, assim, o tatu acabou entrando no jiqui. No jantar, comemos a carne, nos regozijando. Eu não conseguia esquecer, porém, a visão do bichinho preso, esperneando, até que lhe decepassem a cabeça, de um só golpe. Sentia-me como o pequeno animal acuado. Presa como ele em uma armadilha que eu mesma procurei.

"Fomos pescar, fiz iscas com farinha, como meu pai fazia. Não conseguia pegar nada. Vimos um moço pescando umas braças rio acima. Quando ele já estava indo embora, o chamamos e perguntamos como ele fazia para pegar tanto peixe. Ele não sabia explicar por que conseguia e a gente não. Contudo, quando viu a massa de farinha molhada, começou a rir. Perguntamos do que ele achava tanta graça, e ele espetou um lambari em minha vara. 'É disso que os surubins gostam', disse.

"Então, conseguimos pegar alguma coisa. Claro que com rede é melhor, mas os jacarés rasgam os fios para comer os peixes que ficam presos ali. Esses répteis, tão lentos em terra, dentro d'água viram um perigo. Um deles machucou, com uma rabanada, um companheiro que tentou agarrá-lo por trás. Tenho pavor quando vejo seus corpos enrugados, como seres pré-históricos. Emana deles uma força densa e primitiva que me fascina. Eles pressentem nossa presença.

"Meu amigo nativo nos ensinou a matá-los: à noite, quando os olhos deles brilham no escuro, mirar entre os olhos e atirar. Colocamos uma lanterna apoiada no cano da espingarda calibre 22, para ver bem no escuro. Mas logo desistimos de matá-los, pois não vale muito a pena, só dá para comer a carne do rabo, joga-se fora a carcaça. Achei o sabor esquisito, mas os outros comem, sem comentários. Os nativos fazem um som gutural, imitando os jacarés, para atraí-los. Tentaram me ensinar e riram muito das minhas tentativas. Usamos o facão para tirar a pele dos bichos e prepará-los. Aqui, um homem só arruma trabalho se tiver um facão. Eles o usam para uma infinidade de ações: abrem picadas, tiram bichos-de-pé, se defendem. O facão é extensão da pessoa. É importante aprender a manejá-lo, embora, para mim, ele sempre pareça pesado.

"Usamos a lanterna para caçar à noite. Nessa hora, aumenta a sensação de que alguém me segue. Penduramos a rede nos galhos de uma árvore, o mais alto que podemos. Antes, fazemos uma ceva, ou seja, um buraco, no chão, para que os animais venham lamber o sal que depositamos ali. Esperamos, de tocaia. Alta noite, eu cochilava, quando A. sacudiu, devagarinho, o meu ombro. Pôs os dedos em meus lábios um segundo para me pedir silêncio. Quando meus olhos inchados de sono se acostumaram ao escuro, consegui entrever um bicho que se movia entre as árvores, lá embaixo. Não distingui o que era, mas ouvi quando começou a comer da relva rasteira. Era o melhor momento. Ele acendeu a lanterna que colamos à espingarda usando um ímã, mirou e atirou, bem rápido. Só vi o vulto da paca se movendo para o lado. Mesmo assim, tivemos trabalho para encontrá-la na manhã seguinte, pois tinha se afastado, ferida, e morreu longe do lugar em que a abatemos.

"Outro dia, quando chegamos da caça, fomos surpreendidos pelo alarido dos macacos. Os safados estavam comendo nosso milho! E pareciam saber que estavam fazendo uma coisa errada. A organização deles é impressionante: colocam um vigia de prontidão para avisar caso chegue alguém, e se retiram em fila, pelas árvores, ajudando as fêmeas com filhotes, pois elas se movem mais lentamente. Corremos atrás deles para espantá-los, mas não adiantou: nas árvores, ninguém pode com eles.

"No início, sentia muita pena dos bichos, tinha dificuldade de comê-los e, mais ainda, de matá-los. Depois, a fome começou a falar mais alto. Mas não fui capaz de matar um veadinho que surgiu de repente na minha frente, quando fui pegar água no rio. Parecia que ele nunca tinha visto um ser humano. Ficou parado, me olhando como uma criança, sem noção do perigo. Joguei uma pedra perto dele, para que se afastasse antes que os companheiros o vissem. Não contei a ninguém. De repente, me senti como aquele filhote, desamparada em um mundo onde eu podia ser a presa, não o caçador.

"Aprender a atirar vai ser fundamental diante do que vamos enfrentar. Estamos sempre em alerta, sempre à espreita de um perigo maior que nos ultrapassa, somos como bichos à espera do ataque de uma fera. Não estou suportando essa tensão. É demais para mim."

Sofia reparou que às vezes a mulher parecia escrever para ser lida, como se quisesse justificar suas escolhas ou as do grupo:

"No início foi tudo árduo e estranho, mas depois de alguns meses de convivência, me sinto como se tivesse vivido nesse lugar desde sempre. Fomos chamados para socorrer um menino ferido, filho de um colhedor de castanhas. Andamos o dia todo, e, quando finalmente chegamos à casa da família, a criança estava morta. A mãe mantinha a cabeça do pequeno em seu colo, uma compressa suja na testa dele, o olhar vazio. Os irmãos o cercavam com o rosto lavado pelas lágrimas. A ventania os pegou no castanhal, antes das chuvas. Nessas tempestades, os ouriços caem com o peso de pedras. O garoto foi ferido na nuca quando tentava correr. O maior soluçava, pois tinha acabado de pegar o cesto do pequeno para ajudá-lo a ir mais depressa. Não dizia nada, as lágrimas escorriam. Eu sabia que ele se recriminava, pensando que, se tivesse deixado o irmão levar o paneiro na cabeça, talvez ele não estivesse morto agora. Vejo os colhedores descerem correndo as encostas de lama, com os cestos repletos de castanhas. Costumam escorregar e rolar, machucando-se nos galhos. São oito filhos na casa e todos, com exceção dos bebês, trabalham sem parar. Colhem os cocos e os quebram com dificuldade para retirar as castanhas. Trocam na cidade por alimentos e uns trapos. Saem sempre devendo, pois os vendedores dizem que os alimentos e as roupas velhas são muito mais caros do que as castanhas. Contaram que o dono do depósito de castanhas matou a pauladas um pai de família que reclamou que aquilo não estava certo. O assassino apareceu morto na semana passada. Alguém do nosso grupo o liquidou. Ele também tinha filhos. Fiquei confusa. Uma morte por outra... onde iríamos parar?

"Na casa, não há móveis, a não ser uns bancos toscos, feitos de troncos de árvore, e quase nada para comer, que eles mal têm para o dia a dia. Para quebrar a rotina, na vida deles, só a aguardente, ou a sembereba, bebida que eles fabricam do cajá. Os homens bebem até cair. Os índios também. A tristeza desse mundo é bordada pelos rios. Aqui, todo mundo já contraiu malária e leishmaniose, uma doença que cobre o corpo de feridas sem cura. Alguns de nós a contraíram também. As crianças são magrinhas, as barrigas cheias de vermes.

"Cresce um tumulto em mim. É tempo de derriba, eles cortam árvores centenárias, o que me dói fundo. Quando as árvores tombam, costumam se engastalhar nos cipós. É preciso subir para soltá-las, o que é muito perigoso, porque ninguém sabe quando elas vão desabar. Alguns morrem no esforço de libertar os troncos. Usam a enchente dos rios para fazê-los descer até um ponto em que os donos das serrarias os recolhem, em caminhões. Essa preciosa madeira de lei, que os caboclos cortam e transportam com tanto sacrifício, também é trocada por alimentos e roupas velhas.

"As árvores caem com estrondo, como se gritassem."

XXVI

O relato era tão perturbador que Sofia leu uma vez com sofreguidão, depois passou a reler com mais atenção, apenas algumas páginas por dia. Devorava as memórias da mulher como se estivesse vivendo aquelas histórias:

"Peguei malária. Passei quinze dias deitada na rede, sem conseguir fazer nada. A primeira vez bate para valer, eu vomitava bílis. A. continuou fazendo suas obrigações, mas eu sabia que nunca foi tão difícil: tudo que ele queria era ficar por perto, me cuidando, me dando remédios. Eu sabia o que ele sentia, porque, quando ele ficou doente, eram penosas para mim as horas de treinamento e trabalho na roça, sem poder ficar ao seu lado, junto à rede. Quando eu chegava, suas roupas estavam ensopadas de suor... E não há trégua: mesmo tão doentes, tomados pela malária, a gente participa das atividades. O comandante diz que é para irmos nos acostumando ao que iremos enfrentar depois. Estamos cada vez mais próximos. O destacamento todo, mas, sobretudo, eu e ele. Entendi que o amo mais do que..."

A frase estava incompleta. Sofia pensou em "a causa" ou "a revolução", e começava a ficar intrigada com as lacunas que encontrava no relato:

"Sei que só em um mundo mais justo conseguiremos ser felizes, mas..."

Mas o quê? Parecia haver sempre alguma coisa nas entrelinhas. Algo que não podia ser dito.

"Estou dando aulas, como queria. Porém, não há escolas aqui, a aula acontece sob uma mangueira frondosa, onde dependuramos um grande pedaço de madeira que nos serve de quadro. Há pessoas de todas as idades. Alguns estão ali apenas porque lhes oferecemos comida ao final das aulas; outros, porque têm um sonho que, muitas vezes, jamais irá se realizar: ler e escrever. Não é fácil. Seguro as mãos calejadas e tento conduzi-las na escrita, mas a mão erra ao acaso, desacostumada com a sutileza do lápis. É com o facão que eles se comunicam com o mundo. Com os pés no chão e as barrigas vazias, como poderiam aprender? Fico feliz quando percebo um mínimo progresso que seja, alguma letra mais nítida sobre o papel. Eles ficam tão gratos quando uma coisa assim acontece, tão confiantes em si mesmos! Poderiam tudo.

"Fomos ao vilarejo e levamos vacinas e remédios, o povo aprecia nossa ajuda. Conversamos sobre a peste e os grileiros, que são sempre uma ameaça. Aprendemos com eles como não perder a safra de arroz. Me ensinaram um pouco sobre o terecô, uma espécie de ritual de candomblé com influência indígena que eles praticam. Falam de várias coisas em que acreditam, eu finjo que acredito também. Ouvir muito e falar pouco. Essa é nossa regra. 'Estamos aqui para aprender', disse o chefe. Nossa universidade é essa gente, essa mata, esse chão.

"Tentamos nos misturar com o povo e fazer tudo que eles fazem. As mulheres da vila me chamaram para ir a uma ladainha. Fui à missa junto com eles e, de repente, fiquei muito tocada com os cânticos, os nativos de braços para o alto, louvando um Deus tão indiferente à sua realidade árida, a essa existência tão dura. Comecei a chorar. Tentei disfarçar, mas não consegui. Disse aos companheiros que chorei de pena da esperança vã dos roceiros, as crianças morrendo de maleita, as famílias escravas dos que se julgam donos dos castanhais, as terras tomadas pelos grileiros... Mas não foi apenas isso, chorei porque não suporto mais. Chorei porque, de repente, entendi que quero ir embora. Isso não é para mim. Para variar, o comandante me repreendeu. Se não conseguir dominar minhas emoções, vou colocar todos em risco.

"Um companheiro nosso, mais acostumado à vida na roça, trouxe veneno para jogarmos nos formigueiros, mas nunca é suficiente para dar cabo das formigas. Duro vê-las se afastando com as folhas tenras das plantas que acabam de brotar em nossa plantação. Tão pequenas, mas nenhum bicho nos prejudica mais do que elas. Um dia, observamos por muito tempo um formigueiro, para encontrar a sede onde fica a rainha-mãe, e então colocarmos o veneno. O chefe disse: 'Temos que ser como as formigas. Obstinadas, unidas em torno de um objetivo.' Ouvimos, em silêncio. Na hora de depositar o veneno, olhei o buraco e tive uma espécie de náusea. Estremeci: e se fôssemos nós ali?"

Para quem ela escreve?, Sofia se perguntava. Começava a se questionar se, sob aquela história esparsa, não haveria algo que lhe escapava. Seria imaginação? Ou era ela quem absorvia o relato com excessiva sofreguidão porque desejava demais saber o que o irmão tinha vivido na guerrilha?

Fechou o livro. Decidiu procurar Marcos assim que fosse possível. Queria pedir a ele o endereço da autora, embora não soubesse direito o que iria fazer com essa informação. Se ele o tivesse, claro, porque não fazia ideia de qual era a origem daquele relato, em folhas amareladas.

Marcos chegou um dia, do nada, com aquele texto nas mãos. Entregou a ela e lhe disse:

– Veja, Sofia: é o diário de alguém que participou da Guerrilha do Araguaia.

– Como assim? Onde você o conseguiu? – Sofia lhe perguntou, imediatamente interessada.

– Foi um amigo quem me passou, mas ele pediu para não ser identificado.

Sofia ficou ainda mais curiosa, porém, sempre que lhe perguntava sobre a origem do relato, ele enrolava e não lhe dizia nada. Conseguiria convencê-lo a lhe contar agora? Ela não podia mais esperar.

XXVII

Sofia começou a cultivar o desejo de encontrar o paradeiro do irmão perguntando por ele no último lugar onde ele parecia ter estado: o sul do Pará, onde ocorrera a Guerrilha do Araguaia. A oportunidade surgiu quando ela soube que uma revista procurava um freelancer para ir a Belém fazer uma reportagem sobre um acordo entre Minas e o Pará, de desenvolvimento de políticas públicas para populações rurais. Seu amigo Marcos não recebeu a ideia com o entusiasmo que ela esperava:

– Mas o que você vai fazer lá?

Ela argumentou que precisava conhecer o local onde a Guerrilha do Araguaia se desenrolara.

– Pode ser perigoso...

– Perigoso por quê? – Sofia replicou. – Já se passou tanto tempo...

Marcos ficou em silêncio por alguns instantes.

– Essas coisas ainda incomodam muita gente – disse, por fim.

O que ele temia? Sofia não compreendia a relutância do amigo. Seu propósito, firme e inabalável, era encontrar alguma pista do irmão ou descobrir o que teria acontecido com ele.

Foi de avião até Belém e um carro da prefeitura a levou para o interior do estado. No caminho, ficou impressionada com a paisagem desoladora. Não havia matas, como ela imaginara. As plantações se estendiam a perder de vista. Os espaços que restavam tinham sido completamente desmatados para servir de pasto a rebanhos bovinos. Belém era uma cidade linda, casario antigo e praça com árvores centenárias. As mulheres caminhavam com sombrinhas coloridas para se proteger do sol, o que completava a poesia. Na cidadezinha do interior, o chão era de terra batida e as árvores tinham balanços de corda apoiados nos galhos. Uma névoa de poeira avermelhada cobria tudo, em uma atmosfera de velhos faroestes. Bandos de urubus pousavam na estrada, espreitando os vivos como se trouxessem um presságio.

Hospedou-se no único hotel, um estabelecimento muito simples, ocupado apenas nas temporadas de pesca. Estava cansada e, como a tarde avançava, decidiu dormir. No dia seguinte, foi ao evento. Surpreendeu-se porque o encontro acontecia sob uma tenda imensa, com muitas cadeiras e um palco improvisado, na universidade que atendia à região. Explicaram-lhe que, por causa do calor, era impossível fazê-lo em espaços fechados.

Sofia teve a impressão de que todos que entrevistou falavam em movimentos populares e reforma agrária, porém todos possuíam propriedades rurais. As comidas eram diferentes de tudo que conhecia. Provou tacacá, um delicioso caldo com camarões grandes, que amortecia a língua. Estranhou um pouco o gosto do tucupi, um sumo amarelo extraído da raiz da mandioca-brava, muito venenosa.

– Não é perigoso comer isso? – perguntou, preocupada.

Explicaram-lhe que o líquido era cozido e fermentado por vários dias para eliminar o ácido. Contaram-lhe, então, uma lenda indígena que dizia que o tucupi eram as lágrimas de Jaci, a lua. Ela ouviu a lenda, emocionada, como se a lua tivesse chorado por seu irmão.

Sofia buscou um guia profissional que pudesse viajar com ela, com segurança, até o local onde os guerrilheiros haviam montado, no passado, um destacamento. Um funcionário do hotel indicou-lhe um jovem índio:

– Ninguém irá incomodá-la se viajar com ele – disse o rapaz.

Acompanhada pelo índio, Sofia alugou um barco para descer o Araguaia. Havia estradas relativamente boas, mas ela queria fazer um percurso semelhante ao que julgava ter sido feito pelos guerrilheiros nos anos 70. Entre os barqueiros recomendados, escolheu um que viajava com a esposa, assim se sentiria mais segura. Quando pararam na margem para dormir, o barqueiro e sua mulher lhe deram a única cama que havia na cabine e deitaram-se sobre um colchão, no convés. Sofia aceitou a gentileza, mas custou-lhe suportar o cheiro engordurado do catre. Embrulhou-se nas toalhas que trouxera. Apesar da magia do rio e de não estar sozinha, a escuridão da noite a incomodava. Ficava imaginando como deveria ter sido difícil para moças urbanas, como ela, abandonarem tudo e partirem sem retorno para esse mundo. O índio ficava na outra ponta do convés, às vezes sumia e dormia na mata.

Os tripulantes quase não falavam entre si. Ela teve a impressão de que o velho barqueiro via os índios com desconfiança, apesar de aceitar a comida que o indígena pescava ou caçava. A mulher, uma senhora tímida, sorria enquanto Sofia falava com ela, embora raramente lhe respondesse. Quando paravam, o velho estendia a vara para pescar, mas, antes que tivesse sucesso, o índio aparecia com um peixe grande, ou uma caça, iguarias mais saborosas do que os víveres que Sofia comprara antes de partirem. Ao comer, a voracidade com que o rapaz atacava os assados a impressionava. Ele comia tudo, só as barbatanas e os ossos mais duros escapavam. Andava sempre com um pequeno rádio e, quando o aparelho não funcionava, o índio o desmontava e remontava com a habilidade de um perito.

Era um rapaz bonito, o cabelo negro sobre os ombros, o dorso bem torneado, braços e pernas tatuados com urucum. Usou um calção largo até o fim da viagem, mas frequentemente nadava completamente nu, ignorando os olhares severos do barqueiro. Chamava-se Aruanã, tinha 22 anos, mas parecia ainda mais jovem. Sofia perguntou o que significava o nome dele. O rapaz pareceu surpreso por ela não saber. Aruanã era um dos peixes mais conhecidos da região, animal sagrado para o seu povo, que julgava ser protegido por ele. O índio lhe explicou que sua tribo tinha vindo do fundo do Araguaia e depois ocupara as margens. Sofia passou a conversar com ele de vez em quando, e ficou impressionada com a forma como ele lia o céu, vendo figuras nas partes escuras, como se as estrelas fossem linhas pontilhadas.

– Nós fazemos o contrário – explicou. – Damos nomes aos conjuntos de estrelas. Vê? Ali está o Cruzeiro do Sul.

Aruanã, por sua vez, mostrou-lhe as formas de animais bordejadas pelas estrelas.

Os bichos pareciam à espreita, não apenas no céu. Um jacaré assomava o dorso sobre a água, pachorrento. A paca, assustada, protegia os filhotes do barco que roncava, subindo o rio. Os macacos movimentavam-se inquietos, de um galho a outro, reclamando da invasão em seus domínios. Volta e meia, revoadas de araras e tucanos pareciam pintar o crepúsculo. O barqueiro ensinava nomes de plantas e lugares. Os sons da mata eram amortecidos pelo barulho do motor. Sofia imaginava o tempo todo as impressões que um dia seu irmão tivera ao fazer aquela viagem. O barco singrava sua alma. Tinha a impressão de que Aruanã a compreendia. Ele a olhava com olhos penetrantes, como se conhecesse o pesar que a habitava.

XXVIII

Enquanto viajava, relia o diário da guerrilheira. Parava, às vezes, para observar um animal ou uma paisagem. O fato de estar ali tornava mais vívidas as cenas narradas, como se Sofia assistisse ao que o relato descrevia.

"Nossa plantação está crescendo, só almoçamos ao chegar da roça, no final do dia. À noite nos reunimos para ouvir rádio. São momentos de conversa animada. Como não chegam jornais, o rádio é a única forma que temos de saber o que está acontecendo fora daqui. Sabemos o que se passa no Brasil pela rádio Bandeirantes, de São Paulo e, vez ou outra, conseguimos pegar a BBC, de Londres, a Voz da América, a rádio de Havana. A Tirana, da Albânia, transmite notícias no português de Portugal e é informada de todas as ações do nosso partido. Ouvimos boletins sobre nossa luta no Araguaia. Não sei quem, no nosso grupo, passa essas informações, nem como, ali, no meio da mata. Debatemos muitos assuntos e, de vez em quando, há discussões mais acirradas. Ontem, tivemos que intervir numa discussão entre dois companheiros sobre as ideias de Trotski e Lênin. Há coisas, porém, que só os chefes sabem, como de onde vem o dinheiro, e quando. Há muitas coisas que ignoramos, e que regem nossos destinos como fios invisíveis – isso me dá uma insegurança permanente. Tenho a impressão de que o inimigo pode ser... quem eu menos imagino."

Um intervalo no relato? Por quê? O que ela teme? – pensou Sofia.

"As pessoas do lugar estão cada vez mais amistosas. Às vezes, chego a sentir conforto, quase me esqueço da sensação de perigo que me ronda. O povo nos conta histórias do passado misturadas aos mitos locais, os botos e onças falam e se movem entre os homens. Cada pessoa ou animal não é o que parece, as coisas são permeadas de mistério. É muito diferente de tudo que eu conhecia. Os alunos me dão pequenos presentes, como ovos, frutas, pequenos animais. Fico comovida, pois sei como lhes falta alimentos, como tudo é precioso para eles.

"As cobras me assustam, elas já me surpreenderam tantas vezes que vejo-as onde não estão. Os companheiros costumam matá-las para comer ou quando nos ameaçam com um bote. Meu estômago embrulha só de olhar um pedaço de cobra cozido. Não consigo comer de tudo, como os outros, e preciso aprender, para sobreviver aqui. Eles gozam dos meus escrúpulos, o chefe se irrita comigo. Um camarada assou gafanhotos, mas não consegui nem provar. Há dias, num final de tarde, uma onça atravessou nosso caminho, um pouco distante da gente. O medo fazia a aparição vibrar mais ainda, o dorso dourado entrevisto entre árvores e folhas. Ficamos muito quietos. Melhor não atirar nelas quando não se tem experiência, porque, se a onça não estiver com muita fome, não mexe com as pessoas, mas, se estiver ferida... Fiquei transida de pavor de que ela nos atacasse.

"Aprendo como me orientar na floresta. Fazemos exercícios de observação dos rios, plantas, morros. Até a cor da terra é importante para saber onde a gente está. O curso da água dos rios ou grotas também serve como guia. Observamos, juntos, o céu, e já consigo distinguir as principais constelações. Aprendi a usar a bússola e me tornei capaz de saber onde está nossa casa pela posição da lua e do sol. Porém, ontem, ao meio-dia, com o astro no zênite, precisei parar de caminhar e esperar, pois, sem a bússola, não conseguia descobrir onde estava. Entrei em pânico, de repente, e a sensação de perseguição que jamais me abandonou, desde que cheguei, pareceu se materializar. Comecei a correr, desabaladamente, ouvia os galhos se quebrando e os passos da pessoa que me seguia. Não ousava olhar para trás. Achava que, se olhasse, poderia levar um tiro. De repente, tropecei nos galhos e caí. O perseguidor jogou-se sobre mim e soltei um grito, o coração me saía pela boca. Então, me imobilizando com o corpo, ele puxou meu cabelo para trás, para me fazer virar e disse: 'Ei, o que foi? Afinal, o que você viu que te fez correr tanto?'

"Era A.. Comecei a chorar de alegria. Ali mesmo fizemos amor, sob as árvores centenárias. Momentos assim quase me fazem esquecer as péssimas condições em que vivemos aqui."

Quem seria A.? Sofia se perguntava, com o abdome contraído, a respiração suspensa. A dúvida começou a se insinuar em seu espírito e a dor vinha junto, como um bisturi, reabrindo, devagar, uma ferida mal cicatrizada.

"Desde que chegamos aqui, os companheiros procuram fazer esboços cada vez mais precisos do local. Esses mapas nos ajudam demais quando saímos em treinamento pela mata. A camarada geóloga..."

Mais uma vez a autora evita dizer o nome de alguém, Sofia observou, intrigada.

"... ajudou a torná-los mais precisos: ela faz os croquis desenhando as grotas, as capoeiras, os tipos de vegetação, detalhes do relevo e trilhas, para que a gente saiba como caminhar nesta região, se podemos ir mais rápido ou se é preciso cuidado. À medida que a gente vai conhecendo os locais, ajudamos a acrescentar dados. Nós os guardamos em bambus para que não se molhem, nem dobrem, correndo o risco de rasgar. Em geral, o comandante é o responsável pelos mapas, pois são importantes demais para nós. Se formos perseguidos, esse conhecimento vai ser nossa maior vantagem.

"Marchar no cipoal é diferente de caminhar na mata, que chamamos de avarandada. Um companheiro me explicou que a emboscada também varia em cada tipo de mata. Disse que temos que tornar a vegetação a nossa maior aliada, aprender a nos movimentar com o máximo de carinho pelos arbustos, para não deixar vestígios. Se não, a mata se torna delatora, capaz de contar tudo sobre nosso trajeto: a direção em que estamos indo, quantos somos, em que estado de fadiga ou ferimentos. Ficamos impressionados com como os caboclos são capazes de reconhecer as pessoas pelo tipo de rastro que elas deixam, como se as estivessem vendo. Para a gente, esse nível de sutileza é difícil. Faço esses exercícios mais tensa do que os outros. A simulação da fuga aumenta minha sensação de perigo. Quando tento disfarçar os traços que deixei, é como se os apagasse, com ansiedade, para me proteger de um perseguidor invisível.

"O Passômetro tem uma facilidade incrível para medir áreas extensas com os passos, por isso ganhou esse apelido. Acho que ele tem essa habilidade por ser músico. Tocava piano. Às vezes, eu o vejo tamborilando com os dedos na mesa tosca que a gente fez. Sente falta de seu instrumento. Eu o compreendo, imagino como deve ser difícil para ele. Pelo menos, trouxe a flauta. Quando ele toca, até os animais param para escutar. O som reverbera nas árvores. É como se ele descobrisse a música da floresta, como se ela estivesse sempre aqui, oculta na intimidade da mata, à espera de alguém capaz de revelá-la.

"Lancinante a voz desse lugar, onde tantas coisas tristes acontecem aos homens."

Sofia percebeu que havia uma interrupção na narrativa e parou de ler um pouco. Passou outra camada de repelente nos braços e no rosto, se perguntando como alguém conseguiria viver sem esse produto ali, com tantos mosquitos. Continuou em seguida. Queria chegar a algum ponto, mas não sabia bem qual, nem por quê. Na eclosão da guerrilha? Quem seria o companheiro de quem a mulher falava, chamando-o pela inicial A.?

"A construção da rodovia Transamazônica está provocando uma grande confusão. A colonização da região passou a ser incentivada pela Sudam. Começou a aparecer muita gente e os preços dos alimentos subiram demais. A polícia e os grileiros apareceram em alguns locais, intimidando os moradores e querendo expulsá-los de suas terras. Uma das minhas alunas veio à nossa procura dias atrás, muito aflita, pedindo ajuda. Um jagunço, contratado por uma madeireira, queimou a casa do pai dela e destruiu sua roça porque o velho não quis sair de lá. Nosso chefe foi ao lugar e cuidou do sujeito. Os moradores da região ficaram admirados e satisfeitos. Estamos conquistando-os a cada dia. Sabemos que o exército vai voltar. Um de nós passou a vigiar nossa casa à noite e outro, de dia, quando trabalhamos na roça. Podemos ser surpreendidos a qualquer momento.

"Soubemos que o exército está preparando uma operação antiguerrilha em Imperatriz e Marabá, onde temos um destacamento. Isso quer dizer que eles já sabem da nossa existência. Estamos à espera do que pode acontecer. Os chefes vieram para uma reunião. Decidiram tirar da área só os companheiros que chegaram há pouco. Os que estão nos destacamentos há mais tempo vão ficar para presenciar tudo. A maioria dos companheiros anseia pelo combate. Eu não, a cada dia aumenta mais o meu desejo de ir embora, a proximidade do ataque me apavora."

Um salto no relato.

"Os soldados partiram. Conversamos ontem, ao redor do fogo, sobre as táticas que eles usaram na operação de Marabá. Espalharam cartazes com os rostos de companheiros procurados, pelos povoados de Carolina e Imperatriz, e pediram ajuda ao povo para nos pegar. Fizeram acampamentos esparsos, ocuparam alguns pontos da cidade. O chefe nos disse para não subestimá-los por ter sido uma manobra convencional – as coisas podem se complicar depois. Decidimos melhorar as picadas que abrimos, no caso de precisarmos fugir.

Começamos a armazenar comida em esconderijos, colocando-a em plásticos bem apertados, para não entrar umidade e evitar que os alimentos estraguem.

"Vivo me perguntando quanto tempo nos resta até que eles voltem. Sabemos que irão voltar. Essa campanha foi apenas o começo. A angústia da espera é quase insuportável. Todos querem que aconteça logo. Querem tanto quanto temem."

XXIX

Chegando a Xambioá, Sofia tinha destino certo. Não adiantava procurar os destacamentos guerrilheiros, pois eles não existiam mais. Já na época tinham sido completamente arrasados e queimados pelos soldados. Sofia esperava encontrar uma testemunha, entrevistada antes por um jornalista, pois achava muito provável que essa pessoa pudesse ter conhecido Leonardo. O desejo de descobrir o paradeiro do irmão não a abandonava. Achou a cidade confusa: ruas empoeiradas, caminhoneiros, clima inóspito. Pagou e despediu-se do barqueiro e de sua mulher. Para retornar, no final da viagem, pretendia contratar um carro que a levasse direto ao aeroporto.

Encaminhou-se com o índio para o hotel que lhe indicaram.

Pediu dois quartos. Depois de ver onde iria dormir, Sofia viu Aruanã voltar. O recepcionista explicou:

– Ele não quer, diz que não consegue dormir em lugar assim. Acho que ele não gosta é de parede, dona.

– Onde ele vai ficar, então? – ela perguntou, preocupada.

– Vou armar uma rede para ele ali. – O menino apontou o pátio central, ao ar livre, para onde davam os quartos.

Ela pensou em convencê-lo a ficar no quarto, mas desistiu.

No dia seguinte, foram à casa de um senhor que lhe disseram ter sido preso na época da guerrilha. Ele estava quase cego. Disse que lembrava, sim, que lhe bateram muito e penduraram nele uns fios que o faziam pular como sapo. Só depois ele soube que eram choques produzidos por uma manivela, pois, na época, não havia eletricidade por ali. Os homens queriam saber onde estavam os "paulistas". Sofia perguntou como eram os guerrilheiros e do que o velho lembrava. Ele ficou quieto, porque mesmo depois de tanto tempo ainda tinha medo de tocar naquele assunto. Ela lhe assegurou que estava tudo bem e que estava apenas escrevendo um livro. Mas percebeu que essa ideia soava até mais estranha para ele. Então, resolveu contar a verdade: disse que um dos guerrilheiros era seu irmão, contou que estava ali à procura de vestígios dele. Descreveu-o e, surpresa, ouviu-o dizer que "lembrava dele sim", mas, depois, as informações foram tão vagas que ela não teve certeza de nada. O velho disse que os guerrilheiros tinham lhe dado remédios, que "os paulistas" curaram um filho dele que havia sido picado por uma cobra. Mais tarde, os soldados disseram a ele que os guerrilheiros eram "uma gente ruim", que matava e roubava, e que dava remédios ao povo só para ganhar a confiança deles.

– E o senhor acreditou? – Sofia perguntou.

Ele meneou a cabeça, com tristeza, fazendo que sim. Acreditava ainda.

– Muita gente morreu ou sumiu por causa deles, moça. Ficou tudo cheio de soldado, não tinha mais comida. Pegavam os homens e levavam, perguntavam coisas que a gente nem sabia. E batiam, batiam, depois colocavam a gente, tudo junto, num buraco grande cavado no chão. Voltei doente, quase morto. Os "paulistas" também matavam, acabaram com a vida de um compadre meu que entrou na mata com os soldados. Tem um batedor que escapou por pouco, a senhora pode falar com ele.

O velho chamou a nora, que espiava de dentro da casa, com várias crianças penduradas no vestido, e ela explicou onde o sujeito morava. A moça acabou fazendo um pedaço do caminho com eles, só para mostrar a Sofia onde ficava a casa do ex-batedor, sempre seguida por meninos descalços, com rostos remelentos e sorridentes. A jornalista lhes deu todos os pacotes de biscoito que tinha levado para passar o dia. Eles ficaram satisfeitos e continuaram andando atrás dela, curiosos.

Sofia chegou a uma casa simples, porém limpa, com azulejos brilhantes no chão. Perguntou pelo dono. Um rapaz lhe disse que o pai tinha saído, mas já estava voltando. Fez com que ela entrasse para proteger-se do sol escaldante e ofereceu-lhe água. O moço, então, indagou:

– É da guerra do Araguaia que a senhora quer perguntar pro meu pai, né?

Sofia ficou surpresa por ele saber tão rápido o que ela havia ido fazer ali. A notícia fora ventilada entre uma rua e outra.

– O que você sabe sobre a guerrilha? – ela lhe perguntou, com simpatia.

– Eu era muito pequeno, moça, mas lembro do dia em que o helicóptero ficou girando com o corpo do chefe pendurado numa corda. Lembro que minha mãe ficou com medo do que ia acontecer, porque diziam que o chefe era um espírito poderoso. Ela achava que ia ter desgraça, que todo mundo ia morrer.

O rosto da mãe apareceu na soleira da porta da cozinha, a pele crestada de sol lembrava papel amassado.

– Ele tinha o corpo fechado, moça. Todo mundo escutava o uivo dele quando a noite caía e ele virava lobisomem. Só morreu porque furaram ele com bala de prata – disse a velha.

Osvaldão, Sofia pensou. Era o temido e respeitado combatente, um dos chefes, tido pelos militares como o líder da guerrilha. Era mineiro como Sofia, um negro de um metro e noventa de altura, ex-soldado, com muita experiência de vida na mata. Carismático, despertava confiança nos guerrilheiros e fazia amigos por onde passava, muitas vezes, com caça nas mãos. Tombou enquanto comia espigas de milho em uma plantação, doente e faminto, depois de muitas escaramuças e perseguições.

– Do que mais a senhora se lembra? – Sofia perguntou.

– Pouco – ela disse. – Ninguém podia com eles. Tinham parte com o diabo, falavam direto com o dito-cujo nos terecô.

– As moças viravam borboleta – uma criança ousou dizer.

Sofia a olhou sorrindo. Ela riu também e ocultou o rostinho empoeirado no avental da avó.

– É verdade – a avó confirmou. – Tinha uma moça que nunca foi achada, porque quando os soldados cercaram ela, de repente, virou mariposa e sumiu na floresta. A senhora ainda pode dar com ela por aí, pela mata, num riso alto, de dar arrepio. O que virou lobisomem também aparece. Muita gente já viu.

– Que é isso, mãe? Só se for alma penada... – o rapaz falou, assustado.

– Pois então... – ela disse ao mesmo tempo em que se benzeu.

Sofia balançou a cabeça, incrédula, porém impressionada com o ponto a que chegara a mitificação dos guerrilheiros na região.

Quando o velho chegou e começou a contar sua história, Sofia lembrou imediatamente de outra, semelhante, contada no livro do jornalista Fernando Portela, que publicou documentos sobre a Guerrilha do Araguaia na *Folha da Tarde*, ainda em um momento perigoso da ditadura. Foi um furo de reportagem extraordinário, uma quinzena de anos antes. O senhor com quem ela conversava agora teria ouvido aquela história de alguém ou a teria protagonizado? Tanto tempo se passara que parecia não haver mais diferença entre a realidade e o mito, a história e a fantasia.

O velho lhe contou que tinha sido mateiro. Antes, trabalhava caçando e vendendo peles de animais, por isso conhecia bem a região. Os sujeitos do exército prometiam lotes a quem os guiasse até os guerrilheiros.

– E o senhor recebeu as terras? – Sofia perguntou.

Ele disse que chegou a construir uma casa com as próprias mãos, debaixo de chuva, nas terras que ganhou. Em seguida, veio um fazendeiro e, junto com os mesmos soldados, o expulsou. Perdeu tudo. O mesmo aconteceu aos outros que ganharam terras em troca da captura dos guerrilheiros.

Ele ficou dois dias escondido dentro de um igarapé, que era como eles chamavam os rios da região. Tinha medo de ser pego, tanto pelos "paulistas", quanto pelos soldados, pois sabia que – depois do que aconteceu – todos deviam estar furiosos com ele. Só conseguiu escapar porque "um compadre ajudou". Sofia ficou curiosa, perguntou-lhe o que tinha acontecido.

Ele se embrenhou na mata guiando um grupo de soldados que viera na primeira campanha do exército em busca dos guerrilheiros. Os militares tinham muita dificuldade em andar na floresta, as trilhas eram cobertas de galhos e folhas podres, as botas deles escorregavam muito. Às vezes, havia depressões súbitas e ficavam com água até a cintura.

– A mata fechada dá medo – ele explicou –, porque é noite mesmo quando é dia.

Sofia compreendeu: as árvores eram tão altas, e suas copas tão exuberantes, que não deixavam penetrar o sol. Eram uns quinze soldados caminhando em fila, guiados por um sargento.

– Tudo boi de piranha – o velho disse e deu uma risadinha nervosa.

A mulher o sacudiu:

– Tu também era, velho...

Ele balançou a cabeça, concordando, e os dois riram com as bocas murchas. Sofia entendeu o que eles queriam dizer: os soldados eram presa fácil para os guerrilheiros.

De repente, um soldado caiu. O sargento exclamou:

– Diacho, mas isso é hora de cair?

O batedor entendeu de imediato e disse:

– Foi tiro, seu sargento, foi tiro!

Então, o sargento virou o soldado caído e viu o buraco da bala na altura do peito, o sangue escorrendo pelo nariz e pela boca. O rapaz morreu na hora. Nesse momento, o sargento também tombou, com um tiro na barriga. Os soldados começaram a atirar para todos os lados, quase acertando nos próprios companheiros, e foi uma debandada geral. Só se escutava o riso estridente de uma mulher, mais nada.

– Uma coisa sinistra, assustadora – disse o velho batedor.
– Parecia caipora.

Então, assustado, ele correu e se jogou no igarapé mais fundo que encontrou. Ficou escondido ali dias a fio, só com o rosto fora da água.

Sofia lembrou que, ao escrever sobre esse episódio, o jornalista Fernando Portela ressaltou as algemas caídas na mata, ao lado do morto, marca da inexperiência dos soldados nessas primeiras campanhas de perseguição.

Mas as coisas mudaram logo depois.

XXX

Sofia visitou a aldeia dos índios suruí. Ficou consternada com o abandono. Os meninos lhe pediam comida e tentavam lhe vender coisas. Um deles tinha um bicho-preguiça no colo – o animal parecia uma criança pequenina. Os velhos eram tristes e doentes. Ninguém queria conversar sobre a guerrilha. Alguns anos depois do triste desfecho, um deles dera uma entrevista sobre o que tinha acontecido no Araguaia. Logo em seguida, foi levado por alguns homens à paisana. Ele não retornou nunca mais.

O guia de Sofia, mesmo sendo de outra tribo, inspirou-lhes confiança. Ainda que os índios falassem português, ela tinha dificuldade de entender. Eles tinham uma espécie de sotaque nasalado, além de baixar a voz a um nível quase inaudível. Falavam com forte acento do idioma nativo e expressões típicas do lugar. Sofia deu graças por estar com o índio: sem ele, não teria conseguido se comunicar.

Na época, os suruís identificavam os locais onde os guerrilheiros ocultavam víveres e armas, mas os soldados não os deixavam tocar em nada. Eles viram alguns guerrilheiros serem surpreendidos e mortos, bem como assistiram ao aprisionamento de vários dos caboclos que os ajudavam. Esses eram pendurados em cordas nas árvores e apanhavam muito. Às vezes, até a morte. Os soldados diziam que os moços queriam tomar as terras dos índios. Os suruís contaram ainda que, nos últimos momentos da guerrilha, "quando já estava tudo apinhado de soldado", os guerrilheiros que vagueavam pela floresta não tinham mais fósforo, não podiam fazer fogo e suas roupas pareciam saco velho – rasgadas e enlameadas. Disseram que eles estavam muito magros e doentes, pois não tinham mais comida, e os espíritos os abandonaram.

– Muita ferida de tatuquira na cara, tudinho cheio de caroço – disse um índio, levando a mão ao rosto, fazendo uma careta.

Depois de mortos, os corpos dos guerrilheiros eram jogados em um lugar na mata, o suruí contou, imitando o som do helicóptero e, com os dedos, o movimento da hélice.

XXXI

Sofia alugou um táxi e, acompanhada por Aruanã e por um guia local, decidiu ir ao lugar onde os suruís lhe disseram que os corpos dos guerrilheiros eram levados de helicóptero.

– Depois que jogaram os defuntos lá, encheram de pneu velho e tocaram fogo – disse o rapaz. – A senhora não vai achar mais nada, dona. Um dia os soldados vieram, colocaram tudo em sacos e puseram dentro de um avião. Até os pedaços de pneu. Eu só sei disso porque o meu pai foi contratado para ajudar.

Mesmo assim, Sofia quis verificar. Foram de carro até a boca de uma trilha na floresta, depois seguiram por um par de horas até o local. Sofia tinha dificuldade em caminhar na trilha, mesmo com o rapaz batendo o facão de um lado e de outro da mata para abrir passagem. Tropeçava nos galhos, suas mãos estavam cortadas por espinhos, e carrapichos grudavam em suas calças. No caminho, só pensava em Leonardo. Às vezes, tinha a impressão de que ele caminhava ao seu lado, ou que vinha logo atrás. Imaginava-o passando pelas mesmas trilhas, vivenciando as dificuldades que ela, Sofia, experimentava pela primeira vez.

Chegaram a uma clareira que dava para um abismo. Não havia nada. A área estava recoberta pela vegetação. Sofia respirou fundo. O vento batia nas árvores e os galhos se chocavam com estrondo.

– Vai chover? – ela perguntou a Aruanã.

Ele ficou parado um momento, as narinas tremiam ligeiramente.

– Não – disse por fim. – Só mais tarde.

Ela contemplou a cratera por um longo tempo, do alto do morro. A vegetação ondulada, lá embaixo, parecia convidá-la a pular. As lágrimas escorriam por sua face.

– Deus te proteja – murmurou, sem que ninguém a ouvisse, sua voz encoberta pelo zunido do vento que prenunciava as chuvas. – Se é que um dia você esteve aqui, mano.

Os corpos nunca foram devolvidos às famílias.

XXXII

Dia, mas parece noite, as copas ocultam o céu. A luz reverbera como estrelas nas árvores. Sofia caminha, folhas secas sob seus passos. Os pés arranhados por espinhos ou gravetos, uma dor fina sobe até sua nuca, mas alguém a empurra, ela não pode parar. As mãos amarradas às costas. A corda machuca seus pulsos. Homens, com fuzis ao ombro, andam ao seu lado. Só então repara: veste restos de uma calça e um blusão, andrajos enlameados. Os cabelos desgrenhados se colam à sua testa. O suor goteja e desce pelo peito. Está incrivelmente magra e seus seios pendem, flácidos, sob a blusa.

O capitão caminha ao seu lado, passos pesados, o cenho franzido.

– Vocês vão me matar? – ela pergunta, e sua voz ressoa, rouca, no veludo da mata.

– Sim – ele murmura.

Sofia desfalece por um instante, seu sangue fica espesso, flui devagar. Continua a caminhar. A garganta, uma lixa. Pede água. Inclinam um cantil junto à sua boca e a água a molha inteira, até os pés. A sensação lhe devolve parte da lucidez.

Chegam, enfim, a uma clareira. Dois batedores a atam a um tronco de árvore, enquanto um soldado observa. Os movimentos são rudes, mas, pelo menos, silenciosos. Ela ouve as respirações ofegantes. Um deles apalpa seus seios, e Sofia tenta mordê-lo. Debate-se, tenta se libertar, mas são muitos, e ela já não tem forças. Quando enfim a imobilizam e se afastam um pouco, ela levanta o olhar, a respiração suspensa. Alguém traz um pano imundo. Vão amarrá-lo em sua cabeça para vendar seus olhos.

– Não! Eu não quero.

O homem tenta, mesmo assim. Sofia olha com firmeza para o capitão e repete:

– Eu não quero!

Tem a autoridade dos mortos. O capitão cede:

– Deixem! Que seja como ela quer.

Um homem tem o direito de escolher como quer morrer, ela ouve o pensamento dele. O capitão tem consciência, de repente, de que vão executar uma mulher, e um arrepio lhe atravessa a espinha. Não é mulher, é guerrilheira, reage. Mira a testa entre os olhos, ela assiste a tudo do ponto de vista dele. Um poço profundo em seu rosto magro e lívido. Ele corre o dedo no gatilho, com pressa e raiva. Antes dos outros, dispara.

O estampido ressoa na floresta.

Sofia acorda de repente. Há muito não se lembrava dos seus sonhos. As urgências do dia a invadiam mal despertava, expulsando as névoas da noite, mas o pesadelo tinha sido tão nítido... Virou-se e tentou voltar a dormir.

Tinha ido com o guia e o índio a uma casa mais afastada dentro da floresta, onde vivia outro batedor que lhe disseram ter apanhado muitos "paulistas". Não era distante da estrada, um casebre sem reboco, muito simples. Uma moça pendurava roupas no varal, o guia pediu a ela para chamar o pai. Ela disse que ele não demorava. Convidou-os a entrar para um café. Eles não se fizeram de rogados. Serviu-os em canecas de folha. O café era tão doce e ralo que Sofia não conseguiu sorver nem um gole. Logo chegou o velho batedor. Trazia um quati morto pendurado numa vara. Cumprimentou-os com o chapéu, depositando a caça no chão. Tomou um café, acendeu um cigarro de palha e, fumando devagar, contou que tinha matado, sim, uns "paulistas". Durante dois dias, seguiu um grupo de três rapazes. Quando eles acamparam, à noite, surpreendeu-os e matou dois. Um fugiu.

O velho explicou que, quando eles matavam um "paulista", cortavam as cabeças. Para demonstrar, pôs o quati no chão, levantou o facão e o decepou, de uma só tacada. Sofia estremeceu. Aruanã, acostumado a observá-la, percebeu e se aproximou. A jornalista pousou a mão sobre o ombro dele, para não cair. O batedor continuou:

– Depois, a gente colocava as cabeças no saco, junto com as mãos, e levava pros soldados. Passado um tempo, começava a cheirar muito mal. – Ele fez uma careta e explicou como cortava as mãos, fazendo um gesto junto ao pulso.

– E o que vocês recebiam por isso? – Sofia indagou num fio de voz.

– No início, eles davam uns trocados pra gente, depois começaram a dar um lote de terra. Mas os fazendeiros vinham e tomavam tudo. Eles tinham escritura, dada pelos soldados que ficaram.

– Então o senhor ficou sem nada – ela murmurou.

– É, mas a floresta e o rio dão o que a gente precisa, moça.

Apontou o quati ensanguentado no chão. As moscas zumbiam, em zigue-zagues furiosos, em torno do bicho.

Sofia ouviu o que já sabia, mas ainda assim lhe deu calafrios: os nativos decapitavam os mortos com o facão e caminhavam horas na mata para levar as cabeças para os militares, que os mandavam depositá-las em um tronco para fotografá-las. Essas fotografias macabras serviam tanto para identificar os guerrilheiros como para aterrorizar os poucos que tinham sido pegos com vida.

Felizmente o carro não estava longe. Sofia apressou-se em ir embora. Cambaleava, sua cabeça latejava. A uns cem metros da casa, quando os habitantes já não podiam vê-los, agachou-se, amparada por Aruanã, e vomitou. Tirou papel da mochila e limpou-se como pôde. Sentia-se muito mal. Quando chegaram ao hotel, pagou o guia local, com pressa. Ele lhe perguntou se ela queria conhecer outro batedor, no dia seguinte. Ela disse que não. Não podia mais. Tinha planejado ficar mais um par de dias, mas decidiu ir embora assim que se recuperasse.

Acertou com Aruanã e lhe deu uma mala com todos os apetrechos que havia comprado para aquela estranha excursão: lanternas, sacos de dormir, caixa de remédios etc. Ele a presenteou com um colar. Disse que o amuleto traria paz a seu espírito atormentado e a ajudaria a encontrar seu irmão. Sofia abraçou o índio com pesar, sabendo que nunca mais o veria.

XXXIII

Sofia já pesquisara o suficiente para saber que, embora Cuba tivesse sido uma forte referência na época, a maioria dos jovens que foram para o Araguaia não tinha ido treinar na ilha, como os guerrilheiros de outras facções de esquerda, como o MNR ou a ALN. Alguns dos chefes da Guerrilha do Araguaia tinham estado na China maoista, não em Cuba. Contudo, o ex-companheiro de Leonardo lhe contou que os dois haviam participado de treinamentos na ilha. Essa informação a deixara em dúvida sobre a participação de Leonardo na Guerrilha do Araguaia. Sofia levantou uma pista sobre um cubano que teria sido um dos soldados que treinaram guerrilheiros brasileiros, e decidiu ir a Cuba tentar descobrir mais.

Em Havana, no lugar dos anúncios em outdoors, comuns em todas as cidades, havia mensagens revolucionárias e a figura de Ernesto Guevara, o Che, no esboço que acabou se espalhando pelo mundo. Como muitos jovens da sua geração, homens e mulheres, Sofia tinha sido apaixonada por ele. Havia na parede do seu quarto o pôster com a frase atribuída ao personagem: *Hay que endurecerse, pero sin perder la ternura jamás*. Essa era a única frase em espanhol que muitas garotas da época conheciam. Ele teria dito mesmo aquilo ou alguém inventara aquele slogan para divulgar a revolução? De qualquer forma, era um bordão lírico, assim como eram românticas as máximas que se espalhavam pelos muros de Havana, no caminho do aeroporto para o hotel. O uso da imagem do Che foi uma das mais bem-sucedidas estratégias de marketing da história, Sofia refletiu.

Ela experimentava uma espécie de nostalgia. Os carros, antigos e raros, lhe provocavam um estranho conforto – sentia-se em um filme dos primórdios do cinema. Seus olhos, desacostumados da paisagem, se regozijavam com as casas e monumentos de outro tempo, ainda que estes estivessem caindo aos pedaços.

Para suavizar os gastos com a viagem, propôs a uma revista um artigo sobre a vida de Hemingway em Cuba. Começou a passear pelos lugares em que o escritor tinha vivido, como o bar que frequentava, a famosa Bodeguita del Medio. Foi à casa em que Hemingway tinha morado. As cabeças dos animais que o escritor havia matado em seus safáris na floresta africana ficavam expostas nas paredes da sala. Não me admira que ele tenha se suicidado assim, um tiro na cabeça, em meio ao silêncio das campinas verdejantes, pensou.

Hemingway escrevia em pé. Imaginou-o ali, descalço, um homem muito alto debruçado sobre sua máquina de escrever, os pés acariciados pelo tapete feito da pele de um desses animais. Havia uma virilidade em seus livros que a atingia tanto quanto a visão daquelas cabeças cortadas: animais com chifres magníficos. O barco do escritor repousava sobre a relva do jardim, como um felino à espera de seu domador. Ou um fóssil que, um dia, certamente tinha vivido muitas emoções. Pareceu-lhe ver Hemingway, por um momento, sobre o convés, sem camisa. Puxava a corda que sustinha as velas. Teve uma breve vertigem.

– Deve ser o calor – murmurou.

No dia seguinte, Sofia pegou uma excursão para Varadero, a praia mantida pelo governo exclusivamente para turistas, próxima de Havana. Odiou o lugar. Guardas com metralhadoras vigiavam a entrada para a rede de hotéis que havia ali. Turistas louros brincavam na praia ou tomavam sol, as moças com os seios nus, observadas discretamente, de soslaio, pelos cubanos. Era uma Cuba falsa, como a imagem em um cartão-postal. Afastou-se com um livro e encontrou logo um jeito de conversar com um rapaz que, por acaso, era o gerente de um dos hotéis. O moço lhe contou que estavam todos passando dificuldades. Ele chefiava, mas não tinha regalias: levantava-se às quatro da manhã e ia de bicicleta para o trabalho, pois morava muito longe dali. Todas as semanas, os empregados se reuniam e os que tinham mais contato com os turistas, como garçons e camareiras, dividiam com os companheiros as gorjetas que haviam recebido. Isso seria impensável no mundo de onde eu vim, comentou Sofia, sorrindo.

Contudo, muitas coisas estavam em desacordo com aquela impressão suave, como, por exemplo, a complicação para sair do país, mesmo que apenas para passear, ou a proibição terminante de que os cubanos entrassem nos hotéis onde os turistas se hospedavam.

Sofia levou uma mala com pequenos regalos que um amigo cubano lhe dera no Brasil para entregar à família dele: chocolates, sabonetes, enfim, alguns produtos que eles tinham dificuldades para obter no país.

O principal objetivo da viagem era encontrar o ex-combatente que participara da Revolução Cubana e treinara guerrilheiros brasileiros no tempo da ditadura. O filho desse senhor foi encontrá-la no hotel. Chamava-se Ivan e iria levá-la à casa de seu pai. O rapaz aprendera português na escola para trabalhar como guia turístico. Sofia simpatizou imediatamente com ele, assim como simpatizava com todos os cubanos. Eles tinham olhar franco e direto. Exibiam sempre um sorriso largo no rosto, apesar das adversidades que estavam vivendo. Falavam um espanhol com expressões saborosas, incompreensível quando conversavam entre si, mas se esforçavam para serem entendidos pela jornalista.

O ano era 1995, na plena escassez em que os cubanos mergulharam sem receber apoio dos países do antigo bloco socialista. Ivan recusou o convite dela para jantar, mas, quando ela insistiu, perdeu a cerimônia. Sofia pediu outros talheres e comeram juntos em seu prato. Com isso, quebrou todo o gelo que podia existir entre eles. Terminaram a noite rindo das piadas que os cubanos haviam criado para ironizar a situação de penúria que vinham atravessando.

– Podemos perder tudo, mas não perdemos o humor – disse Ivan.

E Sofia reparou pela primeira vez que ele era um rapaz bonito, apesar de muito jovem. Ele se ofereceu para lhe mostrar Havana.

– Puxa, eu adoraria! – ela disse de pronto, satisfeita por ter companhia.

Ele a informou, constrangido:

– A casa do meu pai fica muito longe, do outro lado da baía. Temos que tomar um barco e, depois, lá chegando, um ônibus. E já é tarde. Quer ir, mesmo assim?

Ela assentiu, decidida.

XXXIV

Encostou-se na amurada do barco, olhando o rastro de espuma no mar do Caribe. Os olhos de Ivan espelhavam o mar, iluminado pelos raios oblíquos do sol, na tarde avançada. Ao chegar ao outro lado, esperaram meia hora até que ele dissesse, embaraçado, que não haveria mais nenhum ônibus naquele dia. Um dos maiores problemas de Cuba, naquele momento, era a falta de energia e combustíveis.

– Temos que voltar.

– Não quero voltar, agora que já estamos aqui, quero prosseguir – afirmou Sofia, determinada.

– Bem, é perto, entre um ou dois quilômetros. Você quer tentar?

Sofia riu.

– Ah, é perto. Puxa, ainda bem, hein?

Ele entendeu a ironia, sorriu e puseram-se a caminho. Contou-lhe, então, que seu pai lutara na famosa Baía dos Porcos. Ela conhecia essa história de uma letra de Silvio Rodríguez, compositor cubano, autor de poéticas canções que chegaram a circular pelo Brasil. Sofia lembrou de ter lido que, nessa ocasião, os cubanos tinham sido levados a lutar contra muitos de seus próprios compatriotas, que tinham se exilado nos Estados Unidos e se voltaram contra o governo de Fidel Castro. De qualquer forma, não disse nada. Ficou em silêncio. A voz de Ivan ressoava na noite, ela sentia o calor de seu corpo caminhando ao seu lado. Sofia aprendia, com prazer, a decifrar aquele espanhol colorido por expressões permeadas pelo humor cubano. Vez ou outra lhe perguntava o significado de uma palavra que não conhecia. Ivan lhe contou que tivera uma infância feliz, jogava polo aquático nas piscinas da escola e nada faltava à mesa. Para ele, os problemas tinham começado depois da derrocada do bloco socialista. Ignorava as atrocidades cometidas para a manutenção do regime, tanto em Cuba, quanto na União Soviética.

Os nomes russos com que muitos cubanos como Ivan foram batizados lembravam a Sofia antes os romances de Dostoiévski e Tolstói, autores que ela adorava, do que a Guerra Fria e os sangrentos episódios do século XX.

Os pais de Ivan tinham se separado quando ele e sua irmã eram crianças e se casaram de novo, com outras pessoas. Sofia chegou a comentar com Marcos a quantidade impressionante de casais divorciados ou em segundas ou terceiras núpcias em Cuba. O amigo lembrou:

– É claro! Sem que você tenha bens ou propriedades, é muito mais fácil seguir os impulsos vitais, não é mesmo?

Sofia ficou pensativa, não tinha feito essa relação.

Quando estavam quase chegando à casa do pai de Ivan, as luzes da rua se apagaram.

– São os *apagones* – ele explicou. – A cada semana um bairro fica sem luz, para economizar. Todos são prevenidos antes, claro.

Ela achou curioso aquele acordo com a população, perante a falta de energia. Lembrou, então, que, como todas as dificuldades eram atribuídas ao bloqueio, era fácil, para o governo cubano, obter a adesão dos cubanos para poupar energia.

Noite fechada. Não podiam sequer ver um ao outro. Sofia teve medo.

– Do quê? – ele perguntou.

– Sei lá. De nos perdermos, de sermos atacados.

– Isso não existe aqui. – Em seguida, Ivan voltou atrás: – Bem, talvez em algumas zonas, sim. As coisas mudaram muito. O turismo é bom, mas acaba atraindo esses males. O caminho eu conheço como a palma da minha mão.

Explicou-lhe que Cuba tinha sido aberta ao turismo como uma alternativa de sobrevivência quando a relação com a União Soviética fora interrompida. Precisaram fazer um acordo com os espanhóis para que eles administrassem os hotéis que pertenciam, todos, ao estado cubano. Sofia soube que esse acordo havia sido rompido pouco depois de seu retorno ao Brasil.

– As luzes vão acender daqui a pouco. Na hora da novela brasileira.

Sofia achou graça. Ivan comentou que Fidel sabia que os cubanos adoravam as novelas. Os restaurantes particulares – que passaram a ser comuns em Cuba –, abertos por famílias, não pelo governo, eram chamados de "paladares", palavra incorporada ao vocabulário da ilha. E isso porque a personagem vivida por uma atriz brasileira em uma novela tinha um restaurante chamado Paladar. As estrelas se destacavam no céu, mesmo quando as luzes das casas se acenderam, pois não havia postes de iluminação ali. De vez em quando, ele parava, aspirando no ar o aroma de alguma planta ou flor. Dizia-lhe os nomes com que eles as chamavam, diferentes de todas as palavras que ela sabia em espanhol.

Sofia estava impregnada de poesia. "De onde vem essa sensação?", ela se perguntava, intrigada. Da travessia no barco ou da curiosa familiaridade que ela sentia com o rapaz que acabava de conhecer? Perscrutou em seu íntimo e percebeu que a caminhada com Ivan a fazia lembrar-se de outros momentos semelhantes, vividos com Leonardo, quando era criança. O irmão a buscava na saída da escola. Ela se despedia das colegas e sentia que elas a olhavam com inveja quando ele a tomava pela mão para voltarem juntos para casa. Sofia caminhava ao lado de Leonardo com o queixo erguido, sentindo-se protegida. Iria descobrir alguma coisa sobre o irmão em Cuba? A noite tornava mais vívida a saudade, mas também as suas esperanças. Ansiava pelo encontro com o velho combatente que talvez pudesse lhe contar alguma coisa.

Chegaram, enfim. Sem esconder a admiração que nutria por seu pai, Ivan lhe apresentou a Guillermo, um senhor vigoroso, de têmporas grisalhas. A melancolia transparecia sob o sorriso franco e aberto. A mulher dele os recebeu com simpatia. Ivan brincava com seu meio-irmão, de uns oito anos. Visivelmente, se adoravam. Sofia sentiu-se bem entre eles, como uma pessoa da família. Aquele ambiente não tinha nada a ver com o assunto que a levara ali.

A jornalista iniciou a entrevista perguntando a Guillermo sobre a batalha na Baía dos Porcos. Ivan a ajudava quando ela tropeçava em alguma palavra que não conhecia, em espanhol. Esperava conquistar a confiança do velho para que o cubano lhe contasse tudo que sabia sobre os treinamentos de guerrilheiros brasileiros na ilha e, quem sabe, sobre Leonardo... Essa hipótese a fazia palpitar de expectativas. Guillermo começou a falar e, talvez por ter notado a proximidade da jornalista com o filho, abriu-se mais do que o faria com alguém de seu país.

Sofia ouvia, comovida, o pai de Ivan. Cuba lhe provocava impressões muito vivas. Enquanto Guillermo falava, a jornalista pensou por um momento no filme *Girassóis da Rússia*. A protagonista do filme italiano, vivida por Sophia Loren, viaja à Rússia para procurar seu marido, perdido no pós-guerra. No meio da rua, por pura intuição, ela começa a seguir um homem que não conhece, atraída por um *ethos*, uma identidade sutilmente partilhada, e logo descobre que esse homem também é italiano. O personagem acaba lhe dando uma pista do paradeiro de seu marido desaparecido.

Guillermo tinha participado da guerra de Angola, em levas de soldados enviados por Cuba para entrar na sangrenta luta pela independência do país africano. Disse a Sofia que foi preciso enorme esforço para adaptar-se à vida no exército.

– Em minha casa, bebia em meu copo, comia em meu prato. No exército, tínhamos que dividir tudo, nem sempre havia água para lavar utensílios e alimentos e, muitas vezes, tínhamos que fazer as necessidades na frente de todo mundo. Não havia remédios para os feridos e as pessoas morriam de tétano, mesmo as crianças, às vezes por causa de ferimentos leves. Havia moscas por toda parte, que deixavam nossa pele em carne viva e transmitiam doenças que mataram muitos de nós.

– E como o senhor conseguiu suportar?

– Usando a imaginação – ele disse, surpreendendo-a. – À noite, antes de dormir, fechava os olhos e viajava além do oceano. Abria a porta de casa e encontrava minha mãe sentada em sua cadeira, junto à janela. Trocávamos algumas palavras, então ela se levantava e colocava o pão em meu prato. Eu comia em silêncio, a mão dela pousada em meu ombro – fez uma pausa. – Ela morreu quando eu estava na guerra.

– Sinto muito – Sofia murmurou, baixando os olhos. Ivan os olhava, também comovido. Guillermo continuou:

– Em sonho, eu voltava a caminhar pelas ruas de Havana, tomava um gole de conhaque em uma das *bodeguitas*. Meus amigos contavam piadas e brindavam ao futuro. Eu ria com eles.

Encorajado pela simpatia dela, Guillermo lhe contou uma história extraordinária:

– No acampamento de guerra, comecei a perceber que havia um colega, um sargento, que não conseguia dormir. Não dormia nunca e, de dia, nas longas caminhadas, cabeceava, errando o caminho. Aquilo estava me intrigando. Busquei ficar a sós com ele para lhe perguntar o que se passava. A oportunidade se apresentou em uma batida de reconhecimento na mata. Esperei o melhor momento e lhe perguntei: "O que está acontecendo, sargento? Estou percebendo que há dias você não dorme. O que é isso? Você está enlouquecendo?" Ele respondeu: "Sim, Guillermo, estou ficando louco. Louco de dor e culpa. Não sei o que fazer, me ajude." O sargento contou, então, que uma semana antes, em outra caminhada pela floresta, ele e um companheiro se afastaram e se embrenharam na mata sem querer. "Você sabe o que é a guerra, Guillermo. Essa floresta que não termina nunca, esse silêncio cheio de olhos. Parece sempre que alguma coisa está prestes a acontecer, alguma coisa terrível..." E eu perguntei a ele: "Mas não é só isso, não é, meu amigo? O que aconteceu?" Então ele confessou: "Eu matei Juan, Guillermo! Fui eu!" – Guillermo passou a mão nos cabelos antes de continuar. – O sargento contou que Juan se afastou um pouco para tomar água e, quando voltou, ele se assustou e atirou sem querer no colega. O rapaz ficou caído, os olhos abertos, sem acreditar que um companheiro podia ter feito aquilo. Juan respirava ainda, estava apenas ferido. Arfava, segurando a barriga, onde o sangue corria. O sargento disse: "Fiquei com medo, uma coisa sem sentido, de que ele me denunciasse por aquilo, que estragasse a minha vida para sempre. Então, mirei na cabeça, em um daqueles olhos... Mirei naqueles olhos abertos e atirei. Eu o matei!"

Guillermo contou que o olhou, horrorizado. Juan tinha sido dado como morto pelos inimigos. Era um rapaz alegre, divertia a todos com acrobacias que aprendera não se sabia onde. Guillermo não conseguia se colocar no lugar do sargento. Teve tanta repulsa ao ouvir o que ele contava que, se ele não estivesse um trapo humano, magro e frágil, depois de tantos dias sem sono, teria corrido e o abandonado sozinho na floresta. Seu primeiro desejo foi afastar-se dele para sempre. O sargento tinha sido tomado por um impulso maligno, pensou, certamente deflagrado pelas atrocidades da guerra. Guillermo não fora atingido por essa espécie de loucura que a guerra provocava, mas conseguia compreender o medo que ele havia sentido. Terror da mata, da brutalidade da guerra, de ser preso. Havia apenas uma solução para que o companheiro pudesse sobreviver diante daquela falta:

– Sargento, você precisa contar a todos. Não conte tudo, se não quiser, mas precisa contar que o matou. Só assim terá paz.

A hesitação se desenhou no olhar do outro, que apertava o fuzil nas mãos. Guillermo estava desarmado, embora fosse um homem grande, mas não esboçou o menor gesto, pelo contrário, ficou na frente dele, encarando-o e esperando. Intuía que era o melhor a fazer. O outro, então, desabou em seus braços, num choro incontido. Retornaram juntos ao acampamento e o sargento contou aos superiores o que tinha acontecido. Foi julgado e preso quando retornaram a Havana. Guillermo nunca mais o viu.

Sofia ficou tão atônita com a história que, mal percebeu, já estava muito tarde. Teria que voltar depois para entrevistá-lo para sua pesquisa. Apertou a mão grande do pai de Ivan entre as suas, a pele áspera cortada por cicatrizes, mas com um calor incomum. Teve vontade de contar-lhe o motivo de sua viagem, a dor que desde sempre a afligia, e desabar em seus braços também, mas deixou para depois.

Quando retornaram, no velho carro de um vizinho a quem ela pagou a corrida, Ivan lhe contou que seu pai estava com câncer.

XXXV

No dia seguinte, Sofia voltou à casa do pai de Ivan e passou toda a tarde a entrevistá-lo. Desta vez, foram em um carro que ela contratou. Na conversa, Sofia tomou conhecimento de que Ivan morava com a avó porque eles não mencionavam nos recenseamentos periódicos que o tio do rapaz tinha saído do país. Era uma boa solução para a família que o neto morasse com ela, pois a população recebia alimento racionado de acordo com o número de pessoas na casa e, assim, a avó não ficava sozinha. Ela só podia permanecer ali porque ocultava do Estado cubano a ausência do filho, senão seria "redistribuída" para outra habitação, para viver junto com outras pessoas. Sofia compreendeu, então, que esse era o outro lado da moeda. Não havia pessoas sem-teto em Cuba e as mansões na beira da praia eram habitadas por pessoas muito pobres, mas a avó podia ser obrigada, de uma hora para outra, a deixar o casebre em que vivera toda sua vida.

Cuba mantinha relações com grupos socialistas de diversos lugares e, como era um país em que os guerrilheiros foram vitoriosos justamente nos combates na selva, desde aquela época os cubanos mantiveram na ilha um centro de treinamento que estava entre os mais procurados do mundo. Sofia encheu seu caderno de anotações e gravou horas de conversa. O pai de Ivan pediu-lhe apenas para não ser identificado, pois tinha medo da repercussão em Cuba.

Com cautela, Sofia perguntou sobre Leonardo, contando-lhe, enfim, o que tinha ido fazer ali. Ele a ouviu comovido, os olhos luminosos, e começou a falar. Sofia prestava muita atenção, buscando indícios da presença do irmão. Percebeu que todas as estratégias de treinamento que Guillermo lhe contou estavam descritas, de forma concisa, porém, com precisão, no relato sobre a Guerrilha do Araguaia que Marcos lhe emprestara:

"Estamos em julho de 1971. Somos cerca de 20 companheiros agora. Ontem treinamos, todos juntos, em uma área bem isolada da mata. Nos separamos em dois grupos e um deles tinha por missão assaltar o nosso. Depois, fizemos o contrário: o grupo que tinha sido assaltado treinou fustigamento, ou seja, fingimos ter sido surpreendidos por eles, mas sem que pudéssemos ser abatidos imediatamente. Usamos balas de festim para nos acostumarmos com o barulho no calor da batalha. Depois, trocamos os grupos outra vez e treinamos como fazer uma emboscada a um grupo em marcha. É fundamental que o ataque seja de surpresa, pois isso oferece uma grande vantagem para quem está atacando: quando pegamos o inimigo desorganizado, eles têm que preparar a defesa como podem. Para ter sucesso nas emboscadas de treinamento, ficamos longe, em pequenos grupos, bem camuflados, mas, na hora do ataque, temos que ser como bichos para nos movimentarmos em frações de segundo. Nunca nos demoramos num mesmo lugar, para exercitar a mobilidade de que iremos precisar quando estivermos em guerra.

"Estamos aqui há um ano e, como já nos acostumamos ao trabalho na roça, treinamos diariamente por uma hora, sempre muito cedo, ao nascer do sol, pois, nessa hora, quase não passa ninguém perto da nossa casa. Meu companheiro está com malária e o obrigam a participar também. Dizem que é importante ver se a gente consegue fugir e lutar mesmo estando doente ou com uma mochila de vinte quilos nas costas. Hoje o comandante do destacamento nos acordou no meio da noite, como se houvesse um ataque, para ver como a gente irá reagir em uma situação em que seja preciso acordar de repente e correr. Eles nos preparam também para a possibilidade de algum ataque aéreo. Há táticas combinadas para cada situação: é preciso pensar com cuidado para onde correr, no caso de um ataque surpresa, e estabelecer pontos de encontro na mata, na hipótese de termos que nos separar.

"Esses treinamentos deixam meus nervos em frangalhos. Durmo pesado, porque os dias são duros, mas tenho pesadelos a noite toda. Frequentemente acordo em sobressaltos. E a escuridão, na floresta, não é menos assustadora.

"Cada um tem sua mochila, mas não as guardamos dentro de casa, porque seria estranho: os lavradores não têm mochilas. Quando saímos com elas, nós as colocamos em sacos brancos. Nos preparamos para a guerrilha o tempo todo. Saímos para a mata só com farinha, sal e munição, para passar um mês na floresta e aprender a viver do que pudermos pegar ou caçar. Ao marchar, treinamos camuflagem: não podemos quebrar nenhum galho, temos que pisar com cuidado, pois, assim, tornamos mais fácil o trabalho dos camufladores. Eles vêm logo atrás, desfazendo nossos passos com galhos, recobrindo as picadas com o mato. Um pouco mais atrás vem um observador, para ver se é possível nos seguir, enfim, se a camuflagem está bem-feita. Nós nos revezamos nesses papéis para aprender de tudo, pois, com certeza, iremos precisar. Sempre procuramos acampar como se estivéssemos na guerra: buscamos um lugar onde ninguém possa nos jogar pedras ou paus. Não pode ser em beira de estrada. Tem que ser um lugar onde não possamos ser vistos de jeito nenhum. Vivo com a incômoda sensação de perigo, como se alguém observasse tudo que faço.

"Para montar acampamento, basta armar as redes e cavar um buraco para fazer necessidades; depois, é só tampar. Na hora de desmanchar, trabalhamos muito para não deixar rastro da nossa presença. É preciso despistar o tempo todo. Poupar forças também é muito importante, para guardá-las para os momentos de ataque ou de defesa, quando a adrenalina vai lá em cima. Precisamos preservar o máximo de energia para esses momentos.

"Para aprender táticas da guerrilha na selva, lemos Mao Tsé-Tung. Ele ensina: 'Quando o inimigo avança, recue; quando para, fustigue; quando se cansa, ataque-o; quando se retira, o persiga.' Lemos esses livros, em geral, aos domingos, quando descansamos um pouco dos treinamentos e do trabalho, para entender a guerrilha e discutir não só as táticas, mas como obter adesão do povo à nossa causa. Lemos juntos, em voz alta, *A retirada da Laguna*, do Visconde de Taunay, e também *Os sertões*, de Euclides da Cunha. Seguimos noite afora em debates sobre esses livros e sobre o que estamos fazendo ali, mas dormimos logo, fatigados, pois a jornada é dura.

"Todos nós recebemos aulas de primeiros socorros. Cada destacamento tem uma pessoa responsável pelos problemas de saúde, mas todos aprendem a lidar com situações de emergência: por exemplo, como enfaixar uma perna quebrada ou estancar uma hemorragia. Aprendemos também a tratar de dentes e até a arrancá-los quando preciso, com anestesia e tudo, pois, uma hora, podemos estar sozinhos e sem chance de recorrer a nenhuma ajuda. As condições são as piores possíveis, as cadeiras de dentista são troncos de árvore. Nessas sessões, sempre tenho arrepios, e a vontade de fugir volta com toda a força, mas, pelo menos, temos remédios. Uma companheira extraiu um dente de um dos nossos e ficou um pedaço. Ela ficou desesperada e eu também. Tivemos medo de que a extração pudesse provocar uma infecção, mas felizmente não aconteceu nada. Depois de algum tempo, o próprio corpo expeliu o que ficara do dente.

"Cada ação tem um sentido, cada gesto visa um propósito que pode ou não definir meu destino e o dos meus companheiros. Essa responsabilidade é pesada demais para mim.

"Sinto-me muito viva aqui, mas a espera de que a guerra arrebente a qualquer momento me deixa destroçada. O excesso de disciplina me sufoca, sem falar nas dificuldades da vida na mata. O desejo de partir se torna, a cada dia, mais forte. Porém, é impossível falar nisso. Para os chefes, querer sair é uma prova de traição. O medo e o horror crescem dentro de mim."

XXXVI

Sofia iria partir de Havana em dois dias e pediu uma bicicleta emprestada ao recepcionista do hotel. Deslizava pela avenida que dava para o mar enquanto o vento agitava seus cabelos.

Ela queria dar um presente ao jovem Ivan, em agradecimento pelos passeios que fez com ela naqueles dias lhe mostrando a cidade. Ao passar de bicicleta em frente ao teatro, viu o anúncio de uma ópera: *Madame Butterfly*. Parou e comprou bilhetes para os dois. Não sabia se ele iria gostar. Ivan costumava frequentar outro tipo de lugar: tinham ido dançar salsa, que ele dominava como ninguém, parecendo não ter ossos no corpo.

Ivan e sua avó Dolores levaram Sofia à Coppelia, a famosa sorveteria do filme *Morango e chocolate* que, naquele momento, fazia enorme sucesso, não apenas em Cuba, mas em todo o mundo. Queriam levá-la para experimentar o sorvete como se fosse cubana, o que não era permitido, pois os turistas tinham que usar outra entrada e pagar mais caro. Na fila dos cubanos era evidente que ela era estrangeira, mas os senhores que pegavam os bilhetes fizeram vista grossa. Foi uma pequena travessura para os três e uma brincadeira divertida para Ivan e Dolores, que a preveniam a todo momento, com o indicador nos lábios, que ela tinha que ficar calada, o que ela acabava esquecendo, no desejo de soltar todas as exclamações que conhecia para exaltar o delicioso sorvete.

Ivan cercou-a de cuidados quando andaram no *camello*, o ônibus que os cubanos chamavam de *pelicola de sabado*. O apelido fazia referência ao filme americano que passava na TV aos sábados, uma vez que eles recebiam – mesmo sem querer – todas as emissões americanas. O *camello* vivia tão lotado que os bem-humorados cubanos diziam que ele era uma metáfora dos filmes americanos: sexo, perigo e violência.

À noite, no caminho de volta, Ivan lhe mostrou casais que faziam sexo nos monumentos públicos das amplas praças de Havana. As moças, com saias curtas e leves, sentavam-se no colo dos rapazes.

– Por que fazem amor nesses lugares? – Sofia perguntou.

– Eles moram com suas famílias e, às vezes, com as famílias dos outros também. Em geral, não têm como *hacer amor* em casa, nunca ficam sozinhos em seus quartos, por isso vêm a esses lugares. É proibido, mas a polícia, em geral, finge que não vê – explicou Ivan.

O rapaz acompanhou Sofia até o hotel e, ao despedir-se, se inclinou e, num impulso, beijou-a na boca. Ela correspondeu, mas quando ele tentou beijá-la de novo, Sofia se desvencilhou. Beijou-o na face e subiu. Os cubanos eram proibidos pelo governo de entrar nos hotéis, por isso, apesar de arder de vontade de segui-la, Ivan foi obrigado a deixá-la na entrada. Havia muitas proibições, pairava uma atmosfera opressiva sobre os cubanos. Sofia percebeu que ele estava apaixonado por ela e não queria magoá-lo. Ele era muito jovem e suas experiências de vida eram desiguais. Para ela, se algo acontecesse entre eles, não passaria de uma aventura. Sofia não iria investir em um futuro para aquela relação e sabia que, nele, havia a esperança de um sentimento mais profundo.

Por isso, foi providencial que, naquela última noite, a ópera em cartaz fosse *Madame Butterfly*. A simplicidade do cenário, a iluminação, a interpretação dos cantores, tudo tinha a delicadeza que ela esperava. Estavam ambos emocionados pela partida de Sofia, pela distância que os separava, em todos os sentidos, mas não tinham como falar sobre isso. Ela explicava a ele, baixinho, como compreendia o que tinha se passado com a doce Butterfly. Quando saíram do espetáculo, voltaram para o hotel caminhando pela amurada, junto à praia. Os movimentos das ondas do mar lhe pareciam um melancólico adeus. Ivan ficou em silêncio, depois disse, com uma consciência arrasadora de sua situação:

– Foi bonito, tão bonito, que me fez mal. Sei que, em Havana, deve haver muitas pessoas que estão acostumadas a ir a óperas. Então, não é que esteja longe de mim, mas está. De outro jeito, você me entende? Não faz parte da minha vida, da vida da minha família, dos meus amigos. Eu queria que fizesse parte, mas nunca vai ser assim.

Sofia tentou argumentar que poderia ser, bastava que ele desejasse isso, mas sabia que não era verdade. Assim como havia as danceterias de salsa para os turistas e jovens que tinham mais dinheiro e outras, para o divertimento dos mais pobres. Sofia sabia que não eram apenas essas diferenças que o afligiam. Ele se identificava com a suave Butterfly.

– Sabia que algumas borboletas vivem apenas algumas horas? – Sofia murmurou, pois só tinham aquela meia hora de caminhada até o hotel, antes de se despedirem.

Ivan a olhou, com tristeza. À noite, os olhos dele tornavam-se de um verde-musgo, abissal.

XXXVII

Sofia nunca mais voltou a Cuba.

As notícias que lhe chegavam da ilha não lhe davam vontade de retornar. Anos depois, recebeu uma carta em papel amarelado, reciclado. Era de seu jovem amigo cubano. Ivan contava, de forma lancinante e terna, que seu pai havia morrido.

Sofia lembrou-se, então, de como terminara a entrevista. Ela disse a Guillermo que buscava notícias do irmão, contou como sua família havia sofrido todos aqueles anos, e como seu pai morrera atormentado por não ter conseguido saber o que havia acontecido com o filho. Guillermo tomou as mãos dela entre as suas. Olhou-a nos olhos e disse, com gravidade, falando devagar para que ela o compreendesse em castelhano:

– Tão sem sentido, a guerra. Causamos fome, dor, tristeza, morte... tudo em vão. Muitos jovens, de vários países dessa nossa sofrida América, treinaram aqui. Os brasileiros eram sempre os mais alegres, mais "chistosos". – Olhou para Ivan pela milésima vez durante aquela longa conversa, pedindo socorro. O filho apenas indicou de novo, com um gesto, que ele devia continuar a falar, ela o entenderia. – Não me lembro de seu irmão, mas ele podia ser cada um dos jovens cheios de esperanças que nos procuravam. E onde estão, agora? Onde estão nossos sonhos por um mundo mais justo? O que conseguimos com tanta luta? Nada. Nada... – repetiu, meneando a cabeça. A dificuldade de respirar denunciava a doença que o corroía. Continuou: – Olvida... – Olhou de novo para Ivan, que tentava encorajar o velho.

Sofia murmurou, em seu espanhol razoável:

– *Continúe, señor, yo comprendo.*

– *Olvida el pasado. Tu hermano está vivo. Está aquí* – apontou um lugar no peito dela, sem tocá-la. – *Está en tu corazón. No te dejará nunca, hasta que te mueras. Todos vamos a morir y no llevaremos nada. Nada de todo esto por lo que luchamos en la vida. Lo único que tenemos son nuestros recuerdos, nuestros sentimientos. Esto es lo que podemos dejarles a nuestros hijos...*

Começou a tossir. A esposa veio acudi-lo, e Sofia viu nos olhos dela a súplica para que a jornalista os deixasse. Ele estava cansado, já não podia mais.

Sofia também estava fatigada, cansada daquela dor crônica, sem fim. A angústia era também um câncer que a matava aos poucos, mas, agora, já não podia parar.

XXXVIII

No avião, ao retornar, Sofia continuou a reler o livro e se surpreendeu com o rumo que o diário da guerrilha passou a tomar. O que teria acontecido com a mulher? Ela se perguntava, alarmada.

"Quando contamos que eu estava grávida, os companheiros ficaram perturbados com a notícia. Quiseram saber, primeiro, se eu tinha tentado tomar o chá de uma planta que as nativas costumavam usar. A. disse que era tarde demais, pois eu tinha demorado a perceber. Com cuidado, com o acordo silencioso dele, ousei perguntar se os companheiros me deixariam ter a criança. Ela poderia ficar com meus tios, em São Paulo, até que tudo acabasse. O comandante disse com veemência que era impossível. Me olhou nos olhos, com firmeza, e lembrou que eu sabia disso quando deixei São Paulo. É verdade. Eu sabia que, ao aderir à causa, devíamos renunciar à possibilidade de ter filhos. Eu teria que abortar, como as companheiras faziam, num igarapé... Uma companheira não queria e eles a obrigaram. Disseram que ela devia se submeter ou seria julgada por traição e... Mesmo assim, tiveram que amarrá-la, ela gritava, foi terrível. Eu assisti a tudo, impotente. Mais de uma vez, cuidei de companheiras que queimavam de febre, na rede, pelas infecções provocadas pelos abortos feitos nessas condições. Felizmente, até agora, tínhamos conseguido curá-las. Mas qualquer coisa podia acontecer comigo.

"Eles pediram um tempo para deliberar sobre o que fazer. Tive medo de que me julgassem no Tribunal Revolucionário, só por eu ter insistido em ter a criança. Medo de que achassem que demorei a contar, de propósito. Esperei, apavorada. Os soldados estão prestes a voltar, seria arriscado me deixarem partir agora, pois, se eu fosse presa, colocaria todo o grupo em risco. Mas isso seria motivo suficiente para que eles me..."

A frase estava interrompida. Sofia sentiu um arrepio de horror antes de continuar.

"Eu e A. ficamos muito tensos. Eu via as gotas de suor escorrerem no rosto dele. Seus olhos estavam vidrados. Tinha medo do que ele podia estar pensando.

"Estávamos ajudando os vizinhos a colher arroz quando uma mulher começou a sentir contrações no meio da plantação. Não atinei o que era, a princípio. Só entendi quando outra acudiu. Nós duas ajudamos a grávida a caminhar para a casa, ela mantinha as pernas abertas, a dor a intervalos regulares. Era longe, mas os que nos seguiam diziam: 'Demora ainda, calma.' Mas eu estava preocupada, me identificava com ela. Circulam muitas histórias de morte no parto por aqui. Não queria que acontecesse nada parecido perto de mim.

"Foi longo, difícil. Fiquei com ela todo o tempo. Não conseguia deixar de pensar no filho em meu ventre. Ela gritava, a rede ensopada de suor. Eu nunca tinha visto um parto antes, mandei alguém chamar o companheiro que tinha estudado medicina, para ajudar. Ele tinha feito uma cesariana ali e salvara a mãe e o bebê, o que fez com que a gente do lugar nos cultuasse e ficasse ainda mais feliz pela nossa presença. Não o encontraram, ele estava embrenhado na mata, caçando, com outros companheiros.

"Fiquei apavorada, mas a companheira D. parecia saber o que devia ser feito. Viu que eu estava muito nervosa, me mandou ferver água. As chamas do fogo me queimavam por dentro. Depois de muitas horas de sofrimento, a mulher pediu que a ajudássemos, e se levantou, enfraquecida. Nós a amparamos enquanto ela se punha de cócoras, sobre uma esteira no chão. Seu corpo inteiro se contraiu, ela gemia como um animal raivoso, os olhos arregalados.

"Eu molhava sua testa. Achei que ela estava morrendo, porém, bem segura pela parteira, a cabecinha do bebê começou a assomar entre suas pernas. Eu olhava, sem acreditar. Então, ela se curvou para trás, como que desfalecendo, com um urro assustador. Quase entrei em pânico, mas o susto cedeu lugar à emoção quando vi o corpinho molhado, expelido de uma só vez, como a semente de uma fruta esmagada. A companheira que serviu de parteira, o que aqui eles chamam de 'mãe de pegação', segurou a criança. Eu estava tão ocupada ajudando a mãe que, a princípio, achei que era menino, talvez pelo agreste daquele mundo. Mas não, era uma menina! Foi lindo, comecei a chorar. Então senti uma pena infinita da pequenina, imaginei num segundo todos os sofrimentos que a esperavam..."

O relato se interrompia nesse ponto e concluía depois, em outro tom:

"Como a gravidez está adiantada demais para fazer a curetagem, eles, enfim, concordaram: terei que partir. Vou fazer o aborto em São Paulo e voltar. Tenho que ir sozinha. A. precisa ficar. Irmos juntos é perigoso, e além disso ele é necessário aqui. A. ficou mais tranquilo depois dessa decisão, eu não. Um peso em meu coração."

Saindo do aeroporto, Sofia telefonou para Marcos, cheia de dedos, para perguntar se ele não conseguiria o endereço da autora do original. Diante da resistência dele, ela prometeu nunca revelar como o havia obtido. Confuso, o amigo disse que ia pensar no caso e lhe daria uma resposta mais tarde.

Sofia voltou para casa e retomou a leitura, mais animada. Talvez o relato fosse a pista pela qual ela tanto ansiara para chegar ao que havia acontecido com o irmão.

XXXIX

"A gravidez produziu uma inquietação em mim, uma tristeza. Passo o dia na colheita, enxada na mão, como os outros. Ninguém me trata diferente. Ninguém, a não ser meu companheiro. Ele pensa em mim e eu sei que ele sofre. Também sinto tristeza por ter inserido uma interrogação em seu espírito. Trabalho o dia todo para manter longe os pensamentos. Não quero pensar.

"Me apeguei muito a um de nossos cães, o Che. Meu coração ficou apertado quando o comandante disse que a primeira coisa que devemos fazer, no caso de sermos atacados, é matar os cães. Eles podem ser usados para nos encontrarem depois, na mata. O trabalho e o treinamento na floresta me tornaram, pouco a pouco, mais dura. Mas não me julgo capaz de matar o Che. Espero não ter que fazer isso. Acariciei sua cabeça e ele latiu, satisfeito. Uma confiança nos olhos meigos! Toquei minha barriga. Devo partir em breve para abortar em São Paulo. Não dá para ter um bebê no meio disso tudo, com a guerra iminente. Se tiver uma filha, gostaria de chamá-la..."

O relato se interrompia nesse ponto.

"Os chefes custaram a definir a data da minha partida, mas, enfim, devo ir em breve. O ano de 1971 terminou. As roças estão plantadas e temos mais companheiros nos destacamentos."

Sofia reparou que ela não dizia o número.

"Nossa relação com a população é intensa, nos sentimos bem acolhidos. No dia 31 nos reunimos na casa principal, à noite. O chefe matou um veado para nossa festa. Fizemos arroz colhido em nossa roça, feijão, polenta, carne de paca e de caititu, palmito de babaçu e também leite de castanha-do-pará, uma bebida deliciosa. À meia-noite, nos perfilamos com as armas em punho e saudamos o Ano-Novo com tiros para o alto. Eu e A., porém, estávamos um pouco tristes, mas não contávamos a ninguém. Não disse nada, mas pressinto que irá acontecer alguma coisa, algum ataque surpresa quando eu estiver longe. Tenho medo de nunca mais vê-lo de novo. Cada grupo preparou um pequeno teatro baseado no que estamos vivendo: o primeiro foi um jogral sobre as dificuldades de deixar a família, a universidade e trocar a vida urbana pelo mato. O jogral falava também da adaptação a essa nova etapa, cobrindo um pouco os problemas que a gente vivia ao chegar. O segundo fez uma espécie de cordel com o programa que a gente elaborou, em conversas com a população local. São 27 pontos sobre as reivindicações da região, centralizados no problema da terra, mas abordando também a saúde, a miséria, a falta de comércio e comunicação com outros lugares, entre outros itens. Em nosso grupo, fizemos uma peça sobre a sobrevivência na mata, e imitamos, com humor, situações vividas pelos companheiros. Todos riram muito, não sei se alguns ficaram um pouco melindrados, mas, de qualquer forma, não demonstraram.

"Assamos carne na fogueira. Comemos as frutas que colhemos na mata e o arroz que plantamos. Enquanto a gente comia, cantávamos, ao som do violão. Alguns, do Nordeste, sabem fazer emboladas impressionantes, como os melhores repentistas. Dançamos o carimbó, uma dança que aprendemos na região. Cantamos também músicas que têm a ver com a situação que estamos vivendo, como 'Apesar de você' e 'Viola enluarada'. A lua cheia acompanhava, iluminando a clareira como se fosse dia. Eu imitava os outros em tudo, para não parecer esquisita, mas não conseguia me concentrar no que fazíamos, embora fossem as horas mais amenas que eu passara ali, até então. O chefe fez uma avaliação breve, concluindo: 'Temos muitos amigos entre os posseiros e estamos confiantes. Na hora certa eles vão pegar em armas junto com a gente. Vai dar tudo certo, logo vamos alcançar nossos objetivos.'

"Todos aplaudiram, alguns gritaram, excitados, levantando as armas. Mas eu sentia como se já estivesse longe, muito longe..."

Às vezes, é como se eles estivessem em uma expedição de aventuras, uma longa colônia de férias, pensou Sofia, com ironia. Mas havia, no fundo, um sentimento difuso de perigo, um alerta constante. O pressentimento da protagonista de que aconteceriam coisas terríveis atravessava o relato. Sofia o relia como se assistisse a um filme de suspense. Seu espírito se preparava para o pior, era como uma tragédia grega: ela sabia que algo terrível ia acontecer, mas os personagens não.

"Finalmente, chegou o dia de partir. Dormimos dois dias acampados na mata, abraçados, e fizemos amor, o que é muito difícil, desde que chegamos aqui, pois nunca ficamos sozinhos. A partida, a gravidez... estou muito sensível. Vêm lágrimas aos meus olhos nos momentos mais inesperados. Uma companheira notou e me disse baixinho, para que os outros não ouvissem: 'Isso aqui não é para você. Já pensou quando o barulho começar? Não volte. Melhor ficar por lá.'

"Mas não consigo imaginar minha vida sem meu companheiro, ainda mais com um filho. Apesar do trabalho pesado, não consegui dormir ontem..."

Sofia fez uma anotação na margem do relato: véspera da partida? Está claro que ela não quer abortar e, provavelmente, não o fará. Contudo, na sequência, o livro parecia dar um salto temporal.

"Ele quer me levar para pegar o ônibus em Marabá. É arriscado andarmos juntos, mas pedimos ao comandante. Ele não concordou imediatamente. Está preocupado, pois, dias atrás, três companheiros nossos foram pegos indo para São Paulo. Tivemos notícia de que estão mortos, mas não temos certeza. Eles iriam trazer dinheiro. O chefe anda taciturno por esses dias. No final, vai dar certo, alguém irá trazer, mas é terrível quando a gente fica sabendo que um companheiro foi capturado. É sinal de que já sabem que estamos ali.

"Acordamos muito cedo. Nossas coisas já estão prontas. Colocamos as mochilas nos sacos, como sempre fazemos, para parecermos lavradores. Mas a gente não engana. Todo mundo percebe, só de olhar, que não somos daqui. Apesar dos rostos crestados, apesar das picadas dos insetos... Não. Não pertencemos a este lugar. Por que ando tendo pensamentos assim? Essa é a última vez em que escrevo nesse caderno. Vou deixá-lo em nosso esconderijo. Seria perigosíssimo levá-lo comigo. Quando penso no que pode acontecer, que posso nunca mais rever meu companheiro, tenho vontade de morrer..."

O relato parecia mudar de rumo ali, abruptamente. Sofia achou que faltava um pedaço. Perguntou a Marcos, mas ele disse que não sabia, pois o tinha recebido assim.

– De quem? – Sofia perguntou. Já não sabia quantas vezes tentara obter do amigo essa informação.

De novo ele tergiversou:

– Foi um amigo que pediu para não ser identificado, querida.

Ela balançou a cabeça, desolada. Não era fácil aquela leitura, pois o relato lhe propunha a escuta de uma dor que a habitava.

Marcos percebeu e tocou seu braço com delicadeza:

– Querida, não acha que está levando isso longe demais?

Sofia estranhou a resistência do amigo. Em geral, ele sempre se mostrava capaz de compreender tudo. Quando ela insistiu de novo para conhecer a origem do relato, ele acabou dizendo:

– Está bem. Vou verificar e te direi logo, ok?

XL

Marcos marcou com Sofia em um café. Trazia o endereço da pessoa que lhe enviara o texto. Havia uma ressalva, porém:

– O nome que tenho aqui, associado a esse relato, é de um homem...

– Mas como?! Pelo menos na primeira parte, tenho certeza de que a autora é mulher! O olhar é de uma mulher!

Marcos contrapôs:

– Ora, Sofia, isso não tem nada a ver. Há tantos livros femininos, escritos por homens! Veja Proust, por exemplo.

– Claro, mas tenho certeza de que esse diário é de uma mulher. Você não pode me contar mais nada? Depois o texto parece ter sido encontrado e retomado por um homem perdido na floresta, mas...

Marcos respirou fundo, foi ao banheiro apenas para ganhar tempo. Não estava se sentindo nem um pouco à vontade em mentir. Não via necessidade de ocultar a origem do relato. Porém, não podia fazer de outra forma. Lembrou a conversa que tivera sobre isso, naquela manhã, antes de encontrar Sofia. A pessoa lhe dissera:

– Por favor, Marcos, prometa-me que não contará a ela que fui eu quem te passou esse relato. Não ainda. Eu a conheço: se ela souber, não irá até o fim. E é preciso que ela persiga a verdade. Só ela pode descobrir o que realmente aconteceu.

Marcos molhou a testa e saiu do banheiro refeito, com a justificativa na ponta da língua:

– De fato não sei, Sofia. Um amigo me passou esse relato e o dei a você, pois sei o quanto esse assunto tem te devorado há tempos. Se ele sabe de mais alguma coisa, não quis me contar. Infelizmente, para saber mais, você terá que fazer essa viagem para conversar com as pessoas que enviaram a ele esse diário...

Sofia anotou o endereço. Brasília. Bem, não imaginava que pudesse ser fácil.

XLI

A jornalista descobriu o telefone consultando os serviços de informações. Atendeu uma voz inexpressiva de mulher.

– Por favor, queria falar com o senhor Monteiro.

A mulher respondeu, defensiva:

– Desculpe, mas... Quem deseja falar com ele?

Sofia decidiu ir direto ao ponto:

– Gostaria de conversar com ele sobre um relato que trata da Guerrilha do Araguaia...

Antes que Sofia pudesse esboçar o pretexto que havia criado para motivar o telefonema, recebeu, atônita, a resposta:

– Na verdade, fui eu quem enviou esse relato...

– Então foi a senhora quem escreveu...? – Sofia perguntou, sem tentar ocultar sua curiosidade.

– Não! – ela replicou, com veemência, e novamente, indecisa: – Enviei-o a pedido de meu pai.

– Seu pai foi um guerrilheiro? – Sofia perguntou de supetão.

Ela não respondeu. Sofia temeu estar indo depressa demais e acabar dificultando o acesso ao autor.

– Eu gostaria de marcar uma conversa com vocês. Seria possível?

Depois de longo silêncio, a mulher respondeu:

– Meu pai não sai mais de casa, está muito doente, seria inútil tentar falar com ele.

– Desculpe, é muito importante para mim. Posso conversar com a senhora, então?

– Bem, se quiser... Mas não creio que eu tenha algo a dizer sobre isso.

Sofia insistiu, e a outra acabou concordando. Marcaram data e horário na semana seguinte. Porém, quando Sofia disse que iria viajar para Brasília, a mulher tentou novamente dissuadi-la:

– A senhora vai fazer uma viagem apenas para vir falar sobre esse relato? Acredite: está perdendo seu tempo, eu não sei nada sobre isso, e quanto ao meu pai...

Mentindo, Sofia assegurou-lhe que iria a Brasília tratar de outras questões, não apenas por essa razão.

Ela enfim concordou e lhe deu seu nome. Chamava-se Laura.

XLII

O táxi deslizava pelas avenidas imensas, em curvas suaves. Sofia tinha visitado Brasília anos antes, mas não se lembrava do céu tão azul, da luz sobre os gramados. Brasília é sangue na quadra de tênis, teria dito sua escritora preferida. Não conseguiu deixar de ficar impressionada com as novas edificações, cada uma mais ousada do que a outra, em linhas curvilíneas, espirais em branco.

O que estava fazendo ali? Tinha tanto medo quanto desejo de encontrar respostas. Sentia que estava perto, mas não sabia do quê, e a apreensão era maior do que a ansiedade. Ela intuía que, em algum momento, iria chegar a alguma descoberta terrível. Uma revelação que talvez fizesse com que se arrependesse de ter começado a investigação. Julgava que o termo seria a certeza da morte do irmão e, mesmo assim, achava que valia a pena continuar. Precisava de um ponto final, uma conclusão, enfim, algo que pudesse acabar com aquela suspensão.

A sala era ampla, um sofá antigo, de bom gosto, com uma forma sinuosa que parecia de acordo com a estética da cidade. Fotos sobre o piano de cauda. Sofia hesitou um pouco, depois se aproximou. Estava aberto. Seus dedos deslizaram sobre as teclas, sem produzir nenhum som. Uma mulher alta, de meia-idade, de cabelos castanhos e curtos, entrou na sala, surpreendendo-a. Presumiu ser Laura.

– Desculpe... – murmurou Sofia.

A outra estendeu-lhe a mão com um sorriso simpático.

– Não se preocupe, um piano é sempre irresistível.

– A senhora toca?

– Não. Adoraria, mas não toco, quem tocava era minha mãe e, agora, minha irmã. E você? – Laura perguntou, indicando-lhe que preferia o tratamento informal.

– Quem dera – murmurou Sofia, sorrindo. – Mas gosto muito de ouvir um bom piano.

– Minha mãe poderia ter se tornado uma grande pianista. Mas, enfim, não era fácil, antes, para as mulheres, desenvolver uma carreira profissional, não é?

A observação desarmada fez com que Sofia se sentisse imediatamente à vontade. Samambaias derramavam-se na sala iluminada.

Laura a convidou a se sentar e lhe ofereceu um café. Sofia balbuciou um "mais tarde, talvez...", ansiosa por conversar sobre o relato. Laura a encorajou:

– Então...?

Sofia hesitou um momento, sem saber se deveria contar o propósito da sua vinda. Não era o momento ainda. Decidiu mentir:

– Sou jornalista e estou fazendo uma reportagem sobre a resistência à ditadura no Brasil, as guerrilhas, a luta armada.

– Ah, agora compreendo! Então é por isso que deseja falar com meu pai.

Os olhos de Sofia brilharam. Perguntou de novo, com mais ênfase:

– Então seu pai participou da guerrilha?

– Não! – Laura exclamou com veemência.

Pareceu hesitar, estava sendo gentil, mas tudo indicava que esperava que a presença de Sofia fosse uma breve visita. Não queria lhe dar elementos que a estimulassem a prolongá-la. Acabou soltando:

– Meu pai era militar, aposentou-se como coronel do exército. Ele lutou contra guerrilheiros no Pará.

– Na... na... Guerrilha do Araguaia? – Sofia quase sussurrou, sem compreender.

– Sim.

Sofia esperou um pouco, mas Laura não esboçou nenhuma reação. Então continuou:

– Ele ainda vive?

– Sim. Mora comigo.

– Eu posso falar com ele?

Laura pareceu hesitar novamente, mas aquiesceu:

– Pode tentar. Quer vê-lo?

– Sim – Sofia murmurou. O som saiu inaudível, estava sem fôlego.

Laura levantou-se, dizendo:

– Venha comigo.

Seguiu na frente, para indicar o caminho.

Sofia entrou no quarto e viu um senhor com os cabelos muito brancos em uma poltrona, ao lado da janela.

Laura indicou-lhe um pequeno sofá, em que elas se sentaram.

– Papai, olhe: você tem visitas!

O pai virou-se para elas, porém sem esboçar gesto ou palavra.

A filha se levantou e começou a separar alguns comprimidos. Verteu água fresca em um copo; aproximou-se do pai e, com paciência e cuidado, o fez engolir os comprimidos, depositando-os direto na boca dele.

Quando a complicada operação terminou, Sofia tocou as mãos inertes do homem e lhe dirigiu a palavra:

– Como vai o senhor?

Ele apenas a olhou, sem vê-la, uma mancha azulada nos olhos. Não parecia compreender as palavras que Sofia pronunciava. Recostou-se novamente na poltrona. Seus lábios tremiam, articulando palavras inaudíveis.

Laura olhou para Sofia e meneou a cabeça, com um gesto que queria dizer que não adiantava. Sofia tentou disfarçar seu desapontamento. Elas se levantaram e voltaram para a sala.

– Há quanto tempo ele não fala? – perguntou.

– Ele teve um derrame há alguns anos, mas não perdeu completamente a consciência. De vez em quando, percebemos que nos reconhece, mas é ainda mais angustiante, porque fica muito ansioso, tenta se exprimir e não consegue. Às vezes grita, à noite, o que nos assusta muito.

– Vocês distinguem o que ele fala?

– Pouco. – Baixou os olhos e a simpatia de Sofia a fez confidenciar: – Ele parece tão atormentado!

– E antes do derrame? Ele chegou a falar com vocês sobre o que aconteceu lá?

– Não. Mas ele voltou muito diferente. Antes de ir, era alegre e se preocupava com o nosso bem-estar, embora não fosse dado a carinhos. Era um militar da velha guarda, acostumado à rigidez do quartel, você sabe. Quando voltou, eu estava quase deixando o colégio, mas passei a ter medo dele. Sua expressão permanecia sombria, vivia taciturno.

Sofia levantou-se e foi até a janela. Estava intrigada e não sabia como abordar o assunto. Acabou desabafando:

– Laura, me desculpe, mas não estou entendendo nada, sabe? Esperava qualquer coisa, menos que o relato que li tivesse sido escrito por um militar!

Laura ficou ligeiramente ofendida:

– Sinto muito. Eu lhe disse que não valia a pena vir aqui, porque meu pai não tem condições de dizer nada a ninguém.

– Puxa, não é isso que quero dizer, peço-lhe mil desculpas. Agradeço muito a sua gentileza em me receber.

Laura pareceu tranquilizar-se. Sofia explicou melhor:

– O que me intriga é que a obra fala da Guerrilha do Araguaia do ponto de vista dos guerrilheiros, não dos militares.

– Também me surpreendi com a existência desse relato, mas confesso que não o li, apenas o enviei para o endereço indicado por ele.

– E ele deixou algum indício sobre quem poderia ter escrito esse texto?

– Ao que me consta, desde que me entendo por gente, nunca o ouvi falar no assunto, a não ser que...

– A não ser que...

– ... que haja alguma informação sobre isso nos seus relatórios de trabalho.

Os olhos de Sofia se iluminaram:

– Você ainda tem esses relatórios?

– Bem, creio que sim. Não os próprios relatórios, mas um caderno onde ele fazia anotações para redigi-los depois. Não me atrevi ainda a jogar fora as coisas mais pessoais dele. – Hesitou e, por fim, acabou dizendo: – Mas confesso que estava prestes a fazer isso.

– Não se preocupe, eu compreendo. Em um apartamento não há muito espaço, não é mesmo? – disse Sofia, com a firme intenção de convencê-la a lhe entregar o caderno do pai. Não podia esperar outra oportunidade, por isso perguntou de repente: – Se importaria de me deixar ver essas anotações?

A resposta a deixou desapontada:

– Desculpe, são coisas dele. Não me sinto à vontade em fazer isso.

Sofia fez um último esforço:

– Não quero fazer mal algum a seu pai, não irei citar nomes de ninguém...

Laura levantou-se da cadeira, indicando que dava a visita por terminada. Sofia ia insistir, mas desistiu. Ao deixar a casa, agradeceu-lhe novamente por tê-la recebido. Em um impulso, entregou-lhe um cartão.

– Se você mudar de ideia, por favor, entre em contato comigo.

XLIII

Ao chegar de Brasília, como de hábito, Sofia foi desabafar com Marcos. O apartamento do amigo era pequeno, de extremo bom gosto. Uma luz cálida derramava-se sobre os livros. Ela se sentia bem ali.

Marcos pôs uma música suave, enquanto preparava uma pasta de atum e torradas. Trouxe o vinho. Gotas sanguíneas transbordaram, quando eles brindaram.

– Sabe, depois que você viajou, continuei pensando nesse assunto. Lembrei que Ricœur escreveu alguma coisa sobre a anistia e acho que tem muito a ver com tudo que você e sua mãe viveram até hoje – disse Marcos, depois de sorver o primeiro gole.

– É mesmo? Mostre-me, por favor.

Marcos pegou um volume em sua mesa, em cima de uma pilha de livros. Tinha colocado um marcador para identificar a passagem de que falava.

– Ricœur reflete que a anistia cicatriza à força, é o esquecimento imposto, induz a uma espécie de amnésia coletiva, que impede uma revisão do passado.

– É verdade, eu acho. Pelo que meus pais contaram, não se sentiram melhor quando foi promulgada a Lei da Anistia no Brasil, pelo contrário. Ficaram ainda mais ansiosos, como se esperassem uma revelação. Era preciso alguma forma de desfecho para lhes dar algum alívio, o que não aconteceu.

– Sim, é o que diz Ricœur: a anistia, na verdade, impede o perdão. Para haver perdão, é preciso soltar todo o ressentimento. Só a narrativa e a memória, ou seja, a revisão do passado, permitiriam o perdão. Seria preciso recontar essa história com os olhos do presente, para exorcizar a dor.

Ao ler essa passagem, Marcos lembrou que Hannah Arendt também havia escrito sobre o perdão.

– Vamos ver o que ela diz sobre esse assunto... – Pegou outro livro na estante e mostrou a Sofia, explicando: – Hannah Arendt era judia de origem alemã, você sabe, e ficou muito chocada quando soube dos campos de extermínio. Dedicou grande parte da sua vida intelectual à tentativa de compreender esses acontecimentos. Para ela, somente o entendimento tornaria possível uma reconciliação com o mundo, para poder continuar vivendo, depois do horror. Só o perdão pode permitir começar de novo, pois ele liberta tanto quem perdoa quanto quem é perdoado do peso do passado.

– Parece um discurso cristão, você não acha?

Marcos riu.

– Pode ser, mas não era o caso. Ela achava inclusive que a interpretação religiosa impediu que se percebesse como o conceito de perdão é interessante na política. Esse conceito está na base de todas as formas de anistia, comutação ou supressão de pena. Está certo o que você está fazendo, Sofia, buscando compreender o que houve, para fazer a catarse do acontecido. Só não sei se isso é possível em um plano individual.

– O que você quer dizer?

– Na minha opinião, seria preciso abrir os arquivos, dar luz a tudo que aconteceu. Revelar como foram mortos os desaparecidos e, se possível, onde estão seus corpos. Rememorar, enfim. Mas isso significaria também apontar os responsáveis, o que não acontecerá nunca, eu creio.

– O pressuposto sob a Lei da Anistia promulgada no Brasil é de que não haveria diferença entre os torturadores e os guerrilheiros. Ambos cometeram atrocidades contra os direitos humanos e ambos foram igualmente anistiados.

Marcos replicou:

– Os crimes contra os direitos humanos são imprescritíveis, são crimes de lesa-humanidade. Lembre-se de que os guerrilheiros também cometeram crimes assim – sentenciou, levantando um dedo, como se esperasse objeção da parte dela. Sofia não ousou sequer se mexer. Ele continuou: – Contudo, sujeitar um ser humano pela força ao sofrimento e à dor, qualquer que seja a razão, é a pior perversão que pode existir.

Sofia balançou a cabeça, incomodada. Tomou mais um gole de vinho e recostou-se na poltrona, os olhos fechados. Não sabia o que pensar, porém, sobre o que se referia ao desaparecimento do irmão. Era impossível esquecer.

Abriu a janela do apartamento. "Como o dia está sufocante!", pensou. Depois se deu conta de que era a história que a estrangulava. Quanto mais ela pesquisava, sabendo tudo que havia acontecido no Araguaia, mais difícil ficava.

XLIV

Dias depois, Sofia recebeu, surpresa, um telefonema de Laura. Ela lhe perguntou, à queima-roupa, se a jornalista ainda estava em Brasília.

Para não perder a oportunidade de descobrir a razão do chamado, Sofia esquivou-se, devolvendo a pergunta:

– Por quê? Aconteceu alguma coisa? Você quer conversar?

Laura respondeu que tinha pensado melhor e, como ia mesmo jogar fora as coisas do pai, queria entregá-las a Sofia.

A jornalista correu ao aeroporto. Chegou em Brasília em um par de horas e foi imediatamente para o apartamento de Laura, com medo de que a filha do militar mudasse de ideia. Ela havia reunido os papéis dele em uma caixa.

– Pensei bem, e por que não? Pelo menos vai servir, quem sabe, para alguma coisa, e, depois, com meu pai no estado em que está, nada mais importa.

Parecia aliviada em entregar tudo à jornalista.

Ofereceu-lhe café. Sofia pretendia ir embora logo, mas não disse nada. Aceitou. Felizmente, pois, só assim, por acaso, as duas tiveram ocasião de conversar sobre um dado fundamental que, de outra forma, iria passar despercebido para Sofia.

Laura começou, dizendo:

– Sabe, chamei-a de volta porque achei que fui rude e queria me desculpar.

Sofia fez menção de protestar, mas ela não deixou:

– Não precisa dizer nada. Queria apenas lhe contar que eu também tive uma reação semelhante à sua, quando vi o relato.

– Então você o leu? – Sofia indagou, surpresa, pois se lembrava que Laura tinha lhe dito que não.

A filha do militar confessou:

– Não li inteiro. Só uns pedaços. Mas o suficiente para achar estranho. Com certeza não foi escrito por meu pai. Além do mais, não era a letra dele.

Sofia ficou confusa:

– O relato era... manuscrito?

Laura não percebeu o quanto Sofia ficou intrigada:

– Sim, era – respondeu. – Por quê? O que você leu estava datilografado?

Sofia meneou a cabeça, fazendo que sim.

– Quem teria feito isso? – Laura perguntou.

– Não sei. Foi um amigo que me passou o relato e, quando lhe perguntei de onde tinha vindo, ele me deu seu endereço.

Sofia pensou, de repente, em uma forma de descobrir algo mais:

– Foi seu pai quem enviou o manuscrito pelo correio?

– Não, fui eu. Enviei para o endereço que estava no envelope.

Laura serviu café na xícara de Sofia e continuou:

– Foi depois que ele teve o AVC. Estava consciente, embora com a fala muito prejudicada, e percebemos que ele achava que iria morrer. Começou a nos apontar, de diversas formas, coisas que desejava que fizéssemos. Enfim, ele parecia querer resolver tudo que deixou pendente, pois sabia que estava perdendo a consciência.

– Quer dizer que há muito tempo ele pretendia enviar esse escrito a alguém? – perguntou Sofia, sem compreender.

– Na verdade, não sei – disse Laura, com simpatia. – Não tenho elementos para afirmar isso. De qualquer forma, o nome já estava escrito no envelope e papai apenas me fez entender que eu deveria enviá-lo. Pareceu muito aliviado quando lhe mostrei o comprovante do correio. Mas não tinha a menor ideia de que ele queria mandá-lo a um jornal, por isso fiquei tão perturbada com suas perguntas. Chamei-a porque, se ele chegou às suas mãos, talvez ele quisesse revelar ou tornar pública alguma coisa...

Sem querer explicar a razão da sua ida ali, Sofia perguntou, pálida, intuindo algo que ainda não sabia bem o que era:

– Escute, será que você ainda teria o comprovante do correio? Por acaso, você o conservou?

Fez a pergunta, mas não tinha a menor esperança de ter uma resposta positiva, por isso ficou satisfeita quando ouviu:

– Creio que sim. Guardei, para mostrar de novo ao meu pai, caso ele esquecesse que eu tinha enviado o pacote, já que parecia tão importante para ele. Cheguei a apresentar o comprovante do correio a ele umas duas vezes porque ele me apontava de novo, aflito, a gaveta onde antes estava o envelope. Ele começou a ter perdas de memória com muita frequência, até que passou a não dar mais acordo de si.

– Posso ver esse papel? – Sofia perguntou, sem que fosse clara, para ela mesma, a razão daquele pedido. Justificou-se, em seus botões: quero precisar a data em que o relato foi enviado... Mas queria sobretudo saber quem era o amigo de Marcos a quem o militar enviara o manuscrito e qual a razão deste envio.

– Bem, vou ver se o encontro...

Sofia esperou Laura na sala, com ansiedade. Esfregava as mãos suadas.

Contudo, quando Laura lhe trouxe o papel do correio, não foi a data o que lhe chamou a atenção. Ela levou um susto ao ver o nome do destinatário. Cerrou os olhos para conter o estremecimento que a tomou inteira. Laura pousou a mão em seu ombro e perguntou:

– O que foi? Não está se sentindo bem?

XLV

Ao retornar de Brasília pela segunda vez, Sofia trancou-se em seu escritório. Deitou-se no sofá e começou a reler o relato com sofreguidão. Depois que lera pela primeira vez, pegava-o de vez em quando e relia um trecho ou outro, pois alguma coisa ali a tocava além do que seria de se esperar. Agora, precisava ler com muita atenção para descobrir a verdade. Formulava várias hipóteses sobre como o pai de Laura teria obtido aquele escrito, mas não tinha certeza. E ele já não podia dizer nada. O militar tinha se refugiado no silêncio para sempre. E, mesmo que pudesse falar, provavelmente não revelaria. Era no relato que ela precisava buscar respostas. Mergulhou de tal forma na leitura que passou uma tarde trancada, para evitar que alguém a interrompesse. Só sairia quando terminasse. Em um certo ponto, o texto parecia mudar de estilo de repente, mas podia ser uma impressão provocada por sua perturbação. Sofia estava confusa porque, de repente, o narrador parecia se tornar um homem, mas antes ela tinha certeza de que a autora era uma mulher.

"Releio tudo que ela escreveu e as lembranças doem fundo, me agarro a elas como um náufrago. Depois de tanto tempo sozinho, perdido na mata, o diário dela me faz companhia, mas as lágrimas, que até hoje não tinham vindo, me impedem de enxergar o que está escrito. O que aconteceu conosco? Onde erramos? Onde foram parar nossas esperanças? Retomo a narrativa do ponto em que ela parou. Quando enfim soubemos do ataque iminente."

Foi aí que Sofia se deu conta de que havia duas vozes diferentes no manuscrito: o diário da mulher, contando os primeiros tempos da chegada deles ao Araguaia, e o de seu companheiro, que se perdera na mata, depois da ocupação dos soldados. O primeiro autor do relato era a mulher. Seu companheiro retomou a história, contando o que tinha acontecido depois que ela partiu: o acampamento invadido pelos soldados, a fuga dele com os companheiros e o tempo em que ficara perdido na floresta. Somente depois de ter vivido tudo isso, ele retornou à casa e encontrou o caderno no qual pôde descrever suas desventuras. Sofia ficou ainda mais interessada no texto, depois daquelas conclusões: qual o espaço de tempo entre esses dois relatos? O que teria acontecido com a moça? Sofia retomou a leitura, com angústia. Sabia que o manuscrito não chegara às mãos do militar por acaso. O homem continuava:

"Um vizinho nos avisou que os soldados estavam vindo, e tivemos tempo de preparar minimamente nossa fuga. Nos embrenhamos na floresta, despistando nossos rastros. Tínhamos poucas armas, meia dúzia de rifles e de espingardas, um revólver e um facão para cada um e uma espécie de metralhadora, que nós mesmos fabricamos. Arrumei minha mochila e coloquei nela uma muda de roupa de brim, a mais durável que eu tinha; uma rede; um plástico para me proteger da chuva; farinha; sal; uma sola para trocar a da minha bota, se necessário; isqueiro; munição para arma longa e curta; pilhas para o rádio, que também levamos, e remédio para malária. Como os outros, eu levava também um bornal na frente, contendo mais munição, fósforos, lanterna, prato, colher, cordas de náilon e alguns outros objetos de uso pessoal. Nos dividimos para levar panelas e livros para nosso esconderijo. Tínhamos armazenado o milho e o arroz que nós mesmos plantamos, remédios e instrumental cirúrgico. O tempo todo o pensamento de que você já devia estar longe me deixava aliviado.

"Quando estávamos acampados, à noite, o chefe e um companheiro foram surpreendidos pelos militares. O chefe matou um sargento e feriu um soldado. Em seguida deixaram a área bem rápido, como sempre fazíamos, pois não podíamos desperdiçar munição. Depois, verificamos que os soldados também tinham fugido, deixando toda a bagagem para trás.

"Um companheiro foi pego quando tentava avisar o pessoal de outro destacamento. Soubemos que ele estava em uma casa sob a guarda de alguns bate-paus que, certamente, iriam levá-lo para os soldados no dia seguinte. Decidimos, então, assaltar a casa para libertá-lo, uma ação que exigia muita rapidez. Camuflamos nossos corpos com cuidado, com plantas, para nos aproximarmos o suficiente para observar o alvo. Analisamos a disposição da guarda, o tipo de armas que eles tinham. Não eram superiores às nossas. Quatro homens e um vigia. Pareciam tranquilos, riam, tomando café em canecas, enquanto o companheiro estava amarrado em um canto. Não supunham que soubéssemos da captura ou então não julgavam que pudéssemos realizar uma ação tão ousada. Traçamos o plano, procurando ter muita noção do tempo a cada passo. O chefe saltou por trás sob o guarda e cortou-o, no pescoço, com uma faca branca, antes que ele pudesse gritar. O barulho, contudo, atraiu outro e começamos a trocar tiros. Matamos mais um deles e os outros fugiram. Conseguimos libertar o companheiro, o que nos deixou muito confiantes e felizes.

"Em outra ação vitoriosa, um grupo composto por dez combatentes, armados de fuzis e rifles 44, viajou até o posto militar da Transamazônica. Por dois dias, observaram atentamente a atividade dos soldados. Na madrugada do segundo dia, cercaram o alojamento dos policiais militares. Um dos nossos forçou a porta com o fuzil, mas ela não cedeu, pois estava trancada. Então, nosso comandante ordenou que começássemos a atirar e, em seguida, mandou atear fogo no telhado, que era de palha de babaçu. Desta vez, os praças se entregaram, foram presos e a casa, invadida. O fogo ia alto. Havia apenas uns três soldados. Eles saíram, o chefe fez uma preleção, instando-os a abandonarem a Polícia Militar e se juntarem às forças guerrilheiras. Depois, eles foram postos em liberdade, vestidos apenas de calção. Fomos embora rindo às gargalhadas.

"Todo mundo que morava nas redondezas ficou sabendo. Em Marabá não se falava em outro assunto; a cada vez que se contava a história, o número dos soldados aumentava. Diziam que nossos risos eram ouvidos por toda parte e que os soldados saíam dando tiros a esmo na floresta só de medo da gente, em tempo de atirarem uns nos outros. Essas ações nos davam certeza de que iríamos vencer. Começamos a reatar contato com a população, para fazê-la aderir à nossa causa. Passamos uns poucos comunicados aos amigos, impressos em reco-reco, conclamando a todos a se integrarem à guerrilha, pedindo que eles passassem de mão em mão.

"No final, sempre as palavras de ordem:

Fora com os bate-paus e grileiros!
Morte aos generais fascistas!

Abaixo a ditadura militar!
Viva a terra livre para o povo viver e trabalhar!
Viva as Forças Guerrilheiras do Araguaia!
Viva o Brasil livre e independente!

"Colocávamos a data ao final, sem divulgar nada sobre o local em que estávamos. Assinávamos apenas: 'De algum lugar das selvas da Amazônia.' Mas as coisas foram ficando difíceis, um grupo foi à casa de amigos pedir comida e descobriu que ela já estava ocupada pelos soldados."

Sofia reparou que havia um salto no relato.

"A tristeza teria me prostrado, se eu não estivesse em fuga, tendo que manter os sentidos em alerta constante. Quando mataram a mais jovem das nossas companheiras, ficamos revoltados. Era uma menina, pouco mais de vinte anos. O sorriso dela não deixa o meu pensamento. Caiu ao primeiro tiro. Muitos lavradores, e até padres e freiras, nossos amigos, começaram a ser presos e torturados.

"Fico inquieto quando penso em você, desejando que esteja a salvo, em algum lugar.

"Assustou-me a desolação quando cheguei à nossa casa. Se não tivesse vivido ali com meus companheiros, seria mais fácil o que estou passando agora. A lembrança dos momentos felizes torna o presente ainda mais terrível."

Sofia fechou o livro e deu um suspiro profundo. Ali começava o relato do guerrilheiro perdido na floresta. Não, ela não aguentava lê-lo novamente. Pelo menos, não agora. Havia muitas lacunas a preencher.

XLVI

Somente uma conversa com Marcos poderia solucionar as dúvidas que a assaltavam. Eram muito amigos, não havia segredos entre eles. Ou Sofia achava que não havia. Encontraram-se num café-livraria onde costumavam ir com frequência. Marcos, sempre pontual, mal conteve a surpresa quando a avistou esperando por ele.

– Mas o que houve? Você, na hora? Deve ter havido um eclipse hoje, não?

Sofia sorriu, mas ele percebeu logo que ela estava tensa.

– Pare com isso, por favor, querido. Não estou para brincadeiras. Na verdade, não estou nada bem – disse ela.

O amigo assentou-se ao lado dela, intrigado. Sofia começou a falar antes que fizessem os pedidos.

– Marcos, preciso que você me explique uma coisa que fez, antes que eu enlouqueça, sem entender o que houve.

– O que está acontecendo? – ele perguntou. – Fale logo, você está me preocupando.

Ela tirou o texto da bolsa.

Ele começou a entender do que se tratava.

– Ah, o relato...

– Sim, querido. Levei o maior susto, em Brasília, quando soube para quem ele tinha sido enviado.

Não havia mais o que esconder. Ele apenas se justificou:

– Quando você começou a ficar intrigada com a origem do relato, conversei com sua mãe. Pedi a Luisa que te contasse que foi ela quem me deu esse texto. Mas ela não quis. Ela apenas me pediu que te desse o endereço daquela pessoa de Brasília. Não compreendi, mas respeitei o desejo dela.

– Por que você não me disse nada, Marcos?

– Porque foi um pedido da sua mãe! Você tem que conversar com ela, Sofia. Tem que perguntar a ela! Eu também gostaria de saber. Fiquei tão curioso quanto você. Mas ela disse que não tinha o que contar. Você sabe o quanto ela pode ser impenetrável quando quer.

– Mas por que ela partilhou isso com você e não comigo? – reclamou Sofia.

Marcos ficou constrangido.

Parte do aborrecimento que Sofia sentia era uma mistura de ciúmes e rejeição.

Marcos tentou se explicar:

– Sua mãe me disse que tinha tentado te fazer ler esse manuscrito mais de uma vez, antes, sem sucesso. Por isso ela achou que, se eu te desse, você prestaria mais atenção nele.

– É mesmo? Não me lembro. Talvez eu andasse angustiada demais na época.

Ele sacudiu os ombros, como a querer dizer que, afinal, ele não tinha nada com isso.

– E o que você descobriu sobre o relato, afinal, que te fez ficar tão mexida?

Ela o olhou tão perturbada que, depois de alguns segundos de estupor, Marcos ousou perguntar, de supetão:

– Foi seu irmão quem escreveu? Desde que o li, achei que podia ser algo assim.

– Penso que sim – ela murmurou, aflita. – Mas como posso ter certeza?

Não havia mais quem pudesse responder. Sofia pensou no militar na cadeira de rodas, entregue ao silêncio. Como um arquivo morto.

– Converse com sua mãe, Sofia – Marcos repetiu e ela assentiu, preocupada.

Sim, depois da conversa com o amigo, se quisesse compreender melhor o que tinha acontecido, teria que conversar com sua mãe, o que jamais fizera. Não que Sofia não quisesse, mas Luisa sempre se mantivera distante, como se habitasse um castelo só dela.

XLVII

Sofia mal podia conter a impaciência até tocar no assunto com a mãe. Mas só conseguiu introduzir o tema quando tomavam sopa, na mesa da sala de jantar:

– Mãe... – Sofia começou: – Que relato é aquele que você deu ao Marcos? Por que você nunca me falou sobre ele?

A mãe franziu a testa.

– Eu te dei esse texto há muito tempo, Sofia! Insisti para que você lesse, eu te disse que era muito importante.

Sofia começou a lembrar, com dificuldade. Realmente, a mãe lhe entregara um texto, fazia mais de um ano. Sofia jogou-o em uma gaveta qualquer de sua escrivaninha e nunca mais o olhou, apesar de Luisa ter-lhe perguntado algumas vezes se ela o tinha lido.

– Parei de insistir quando, um dia, você me afirmou, categórica, que tinha lido e tinha achado ótimo. Você não deu a menor importância, filha! E sabe por quê? Porque achou que era algum dos meus escritos.

Sofia teve que admitir, constrangida, que a mãe tinha razão. Porém, antes que pudesse esboçar suas desculpas, Luisa revelou:

– Era... era a letra do seu irmão!

– Você tem certeza?

A mãe meneou a cabeça, fazendo que sim. Reforçou:

– Sim. Na segunda parte.

– Posso ver?

A mãe foi até o quarto, Sofia ouviu o som arrastado da gaveta de madeira da velha cômoda. Luisa trouxe um maço de folhas amareladas pelo tempo, em péssimo estado, rasgado aqui e ali e com as bordas corroídas. Algumas passagens tinham desaparecido.

Sofia examinou com cuidado o calhamaço e, como tinha suposto, viu que ele tinha sido escrito primeiro por uma pessoa, certamente a mulher, e, depois, retomado por outra, provavelmente, seu companheiro. As primeiras folhas do caderno exibiam uma caligrafia redonda e clara, enquanto nas últimas a letra era miúda e vertical, como se a pessoa quisesse economizar papel estreitando as vogais. O relato – ou pelo menos parte dele – tinha sido escrito a lápis, mas as letras foram cuidadosamente refeitas a caneta por alguém, certamente porque estavam desaparecendo.

A materialidade do relato demonstrava o que Sofia supôs ao lê-lo: a mulher, com a qual ela se identificara, a princípio, interrompeu a narrativa em um certo ponto. Segundo o que ela havia escrito, teria partido para São Paulo por estar grávida, com a intenção de fazer um aborto. Contudo, também o narrador anônimo, perdido na floresta, que sua mãe afirmava ser Leonardo, tinha deixado o relato inacabado.

– Foi você quem o datilografou? – perguntou à mãe.

Ela assentiu.

– E por que você não me contou antes, mãe? Eu teria lido, claro.

– Não, Sofia. Sem descobrir por si mesma, talvez você não acreditasse em mim.

– Pode ser, mas...

Sofia pensou, mas não disse: se eu tivesse sabido antes que o texto podia ser do meu irmão, não o teria ignorado, e haveria mais chances de descobrir a verdade. Talvez o militar ainda estivesse em condições de lhe contar o que tinha acontecido com Leonardo.

Como se intuísse o que ela estava pensando, a mãe lhe contou:

– Seu pai procurou a pessoa que enviou este caderno, mas voltou muito desanimado, disse que ele estava doente e não tinha condições de revelar nada.

– O pai... o pai contou que essa pessoa era um militar que lutou na Guerrilha do Araguaia?

A mãe respondeu num fio de voz:

– Sim...

– Mas por que você não me contou tudo isso pelo menos antes da minha ida a Brasília?

– Eu tinha medo que... tinha medo que você descobrisse que... que seu irmão...

Olhou Sofia com desespero. A filha segurou as mãos dela e a olhou nos olhos:

– Você preferia a dúvida à certeza da morte dele, é isso?

A mãe começou a chorar e correu para o quarto.

Preocupada, Sofia procurou as pílulas que ela tomava para dormir. Pôs água em um copo e levou ao quarto. Fez com que ela se sentasse na cama e tomasse o remédio. Compreendeu que a mãe achava que o pai tinha mentido para ela. Luisa achava que ele voltara desapontado de Brasília porque teria chegado à conclusão de que o filho tinha morrido. Sofia a enlaçou e a mãe abandonou o corpo em seus braços, soluçando como jamais se permitira. Parecia pequena e frágil. Sofia tinha abalado os alicerces do mundo organizado em que a mãe se protegia. Essa perturbação acenava com uma reviravolta insuportável. Não havia redenção. A dor era o que a fazia viver. Ela não queria saber, iria esperar o filho até que a morte a levasse.

Quando Luisa enfim se acalmou, Sofia a fez deitar-se e a cobriu. Quando estava na porta do quarto, a mãe lhe pediu:

– Espere.

Tirou um envelope da gaveta do criado-mudo e entregou a Sofia. A jornalista tentou verificar o que era. A mãe a impediu com um gesto:

– Não, não abra. Agora não. Achei quando estava arrumando a oficina de seu pai.

Seu rosto afundou no travesseiro. Nada mais parecia importar a ela.

XLVIII

Assim que chegou em casa, Sofia leu o que a mãe lhe entregara. Acendeu o abajur na sala escura, tirou o envelope e o abriu. Encontrou um papel amarfanhado, com um pequeno texto escrito à caneta. Tinha sido amassado de propósito. Sofia o desembrulhou e se deparou com a letra trêmula dos últimos anos de vida do pai. Hesitou, com um nó na garganta. Talvez fosse melhor ler no dia seguinte. Mas não suportou a curiosidade. Enquanto lia, o nó foi se apertando até quase sufocá-la.

"Eu não sei, filho, quantas atribulações te fiz passar, com a minha intransigência. Todos os dias me pergunto onde você está, o que estará acontecendo agora em sua vida. Por que fui tão inflexível? Você teria ficado se eu tivesse agido diferente? A vida é uma incógnita, eu sei. Queria ter te dado tempo para tomar decisões, ter orientado suas escolhas. Não é isso que um pai deveria fazer? Que direito eu tinha de negar suas convicções, eu que nada sei, nada vivi, sempre permaneci encarcerado em meus medos? Na verdade, filho, tive inveja de você. Inveja da sua paixão, do seu gosto pela aventura, da sua vontade de viver. Mas não podia admitir isso para mim mesmo. Eu achava que estava certo, que só eu sabia o que era bom para você, mas isso é mentira: se soubesse, teria te acolhido. Quem sabe, assim, você ainda estivesse aqui ou, pelo menos, em algum lugar em que pudéssemos te alcançar nos aniversários, nas celebrações, nas notícias tristes. Como queria ser capaz de deter o tempo e conversar com você. Não consigo acreditar que fui tão surdo, mesmo te sabendo tão desamparado. Talvez, se eu tivesse sido capaz de te compreender e perdoar, você mudasse de rumo, e estivesse conosco. Onde você está, meu filho? O que foi que eu fiz? Fui eu quem te fez partir, para sempre, para nunca mais voltar? Onde está você, meu filho?"

As palavras do pai ficaram reverberando em seu espírito. Então, ele também se julgava culpado. Como era devastadora a angústia que o desaparecimento de uma pessoa podia causar em seus entes queridos! O pai tinha morrido muito infeliz, Sofia constatou com tristeza. Com certeza, quando jovem, deve ter imaginado que seu potencial de inventor o levaria muito além da vida medíocre em que terminou seus dias. Como perdizes presas em um galinheiro, o pai e a mãe se condenaram às convenções e aos valores daquela classe média conservadora, entre a novela de televisão e as missas de domingo. A carta exprimia uma verdade contundente. Talvez eles fossem também responsáveis pelo desaparecimento do filho. Tivessem dialogado mais com ele, talvez Leonardo não tivesse aderido à luta armada e caído na clandestinidade. Mas agora era tarde. A frustração e a dor corroeram suas vidas. No dia seguinte, um pouco menos atormentada, Sofia voltou a conversar com a mãe sobre o assunto.

– Quando saiu a Lei da Anistia, seu pai esteve no Araguaia, junto com outros pais e irmãos de desaparecidos, à procura de vestígios do seu irmão – a mãe lhe contou.

Sofia se lembrava vagamente dessa viagem, mas não lhe explicaram muita coisa.

– Não encontrou nada. Nada. Os outros pais o convidaram a voltar, mas ele não quis. Disse que não adiantava nada. E acho que não adiantava mesmo...

A mãe ficou imóvel, olhar fixo, muito pálida.

XLIX

Ao avaliar os resultados, Sofia concluiu, preocupada, que, apesar de ter encontrado o diário da guerrilha, depois de um ano de pesquisas não conseguira descobrir nada de concreto sobre o paradeiro de Leonardo. E isso era o que ela mais queria, o objetivo, enfim, de toda sua busca. Refez suas anotações e tentou voltar sobre seus próprios passos, para verificar se deixara escapar alguma informação por descuido, mas só encontrou conjeturas.

Tinha anotado logo abaixo do comentário que fizera sobre a conversa com Taco, o ex-companheiro de Leonardo: "Acho que ele não disse tudo que sabe." O que a tinha levado a fazer aquela observação tão lacônica? Irritou-se consigo mesma por não se lembrar. Como podia ter se permitido ser tão imprecisa? "Desse jeito você vai longe, menina", disse a si mesma. Então, desculpou-se: muitas coisas se passaram desde aquela conversa. "Talvez agora, com mais elementos, eu esteja em condições de extrair mais informações desse sujeito", pensou. Decidiu telefonar e marcar outra entrevista.

Ele concordou, não sem ressalvas: alegou estar muito ocupado, perguntou quanto tempo duraria a conversa. Não parecia querer vê-la de novo. Sofia permaneceu firme em seu propósito e, por fim, ele aceitou.

Marcaram no mesmo café. Taco chegou, com as mãos nos bolsos do sobretudo, visivelmente desconfortável.

– Olá – ele disse, e sentou-se.

Pareceu-lhe mais simpático desta vez. Ela percebeu que uma ruga sobressaía na testa dele. Mal a cumprimentou, ele perguntou, sem delongas:

– E então?

Sofia começou:

– Por favor, preciso muito de uma informação, é muito importante para mim: qual era o codinome de meu irmão na guerrilha?

Ele hesitou um segundo, mas soltou:

– Antônio. Nós o chamávamos assim. Mas por que você quer saber?

– Pode ser que, a partir daí, eu consiga descobrir alguma coisa... – ela respondeu, sem revelar a satisfação que aquela informação causava em seu íntimo. Era mais um indício da autenticidade do relato que sua mãe recebera, pois a guerrilheira usava a inicial A. para se referir a seu companheiro. Mas não lhe disse nada.

– O que mais você quer saber? – ele perguntou, querendo abreviar a conversa.

– Tudo – ela disse, tranquila, blefando, pois não sabia com certeza se haveria algo que ele não lhe contara. Completou: – Mesmo que eu não goste.

Ele acendeu um cigarro. As mãos tremiam ligeiramente quando o levou à boca.

Por fim, pediu um drinque e decidiu:

– Está bem, vou lhe contar o pouco que sei, mas são coisas duras.

Ela reforçou, satisfeita por ter seguido sua intuição:

– Vá em frente, por favor. Eu só queria saber.

Ele assentiu, sem olhar para ela.

Sofia engoliu em seco e esperou.

– Leonardo fez treinamento em Cuba comigo. Ficamos muito amigos. Quando retornamos, participamos de algumas ações coordenadas pela organização, inclusive alguns assaltos. – O político não disse se tinham sido a bancos, e ela preferiu não perguntar, pois não queria interrompê-lo. – Logo, porém, a repressão começou a endurecer muito. O Esquadrão da Morte nos caçava como bichos. Alguns companheiros caíam e tínhamos notícia do que acontecia com eles na prisão. Estavam apertando o cerco, iam chegando em nós através do que os companheiros revelavam sob tortura. E não havia como permanecer em silêncio, pois começaram a prender até os familiares da gente, uma coisa horrível. Minha irmã foi... – ele baixou os olhos – sem que tivesse nada a ver com a guerrilha. Até hoje, mesmo querendo esquecer, ela não consegue, me responsabiliza. Nossa relação nunca mais foi a mesma.

– Continue, por favor – ela pediu, para evitar que a emoção o desviasse do que ele iria lhe contar sobre seu irmão.

– A vida na clandestinidade era horrível: morávamos em apartamentos alugados ou emprestados, completamente vazios. Às vezes, tínhamos que passar o dia perambulando, sem fazer nada, para que os vizinhos não desconfiassem. O medo tornava nossos pensamentos mórbidos, passávamos a noite planejando e executando ações de ataque e defesa. Nos sentíamos deslocados o tempo todo. Estávamos em uma guerra, enquanto as pessoas ao nosso redor viviam e trabalhavam. O mundo parecia irreal, envolto naquela atmosfera sufocante.

Então, um companheiro nosso começou a desanimar, dizia que estava cansado de fugir sem parar. Não aguentava mais, pediu para deixar a organização, disse que iria para o interior, para não nos colocar em risco. Nós dissemos a ele que não tinha volta, quem entrava, não podia sair, e ele sabia disso desde o princípio. Era uma escolha para sempre.

Ele parou de falar e tomou um trago. Sofia percebeu que o suor escorria na fronte franzida pelo esforço.

– Um dia, um camarada foi morto a tiros pela polícia quando estava quase chegando ao aparelho. Nós o vimos agonizar, muito perto da gente, e não pudemos fazer nada. Felizmente, não sabiam do nosso esconderijo, senão teria sido o fim. Foi a gota d'água para esse outro companheiro, que estava querendo sair. Ele desapareceu, sumiu uns quarenta dias, ninguém sabia onde ele estava. Fomos ficando paranoicos. Achamos que o cara tinha entregado todo mundo. Eu saía aterrorizado de casa, me sentindo seguido o tempo todo. Desconfiava de tudo e de todos. De repente, ele voltou, como se nada tivesse acontecido, disse que tinha pensado bem e não ia abandonar a gente. Ficamos mais preocupados ainda. Onde ele tinha estado? Teria sido cooptado pelos agentes da repressão para nos pegarem mais facilmente? As respostas vagas que ele nos deu não nos convenceram. Até hoje tenho dúvidas sobre a sinceridade dele. Então, nós nos reunimos para deliberar sobre o assunto e...

Ele parou, os olhos vidrados.

– E então? O que aconteceu? Fale, por favor, eu preciso saber.

Ele respirou fundo e completou:

– O Tribunal Revolucionário o condenou à morte.

– O que era o Tribunal Revolucionário?

– Nós mesmos, investidos dessa função, na guerrilha. Para nós, isso era normal, estávamos em um tempo de exceção.

Sofia esfregou as mãos, cada vez mais geladas.

– Mas quem...? – ela tentou perguntar, mas já sabia a resposta.

– Era assim: nós tínhamos que atirar ao mesmo tempo. Todos participavam da execução, justamente para que ninguém ficasse com esse peso na consciência. Não havia paredão, nem éramos um pelotão organizado de fuzilamento, então era uma coisa horrível, para nós e para quem ia morrer, pois tínhamos que escolher um momento para fazer aquilo, e aí nos tornávamos também caçadores. Era como se, de repente, tomássemos o lugar dos nossos perseguidores.

Ele parou, olhando para o vazio, e tentou explicar:

– Talvez fosse uma forma de lidar com o que estávamos enfrentando, o medo, as tensões... Era como se escolhêssemos um de nós para ser sacrificado, para desafogar aquela pressão e não enlouquecer. Era um jeito de continuar... enfim, de suportar mais um tempo aquela situação...

Sofia percebeu o quanto ele precisava se justificar. Nesse ponto, ele se deteve, e a jornalista notou que ainda hesitava em confessar. Então, ele tomou uma via diferente e encontrou uma forma de se proteger:

– Para minha sorte, não participei dessa execução. Só fiquei sabendo o que tinha acontecido quando Leonardo me contou.

– Mas, afinal, o que foi que ele te contou? – ela perguntou, com impaciência, embora já tivesse compreendido tudo.

– Eles informaram a esse companheiro que sumira e retornara depois de um par de meses que o tribunal o tinha condenado à morte. O cara ficou apavorado, como você deve imaginar. Tentou argumentar, mas não adiantava, estava decidido. Nós éramos implacáveis e obstinados quando tomávamos uma decisão. Quando ele viu que não conseguira convencer ninguém, tentou fugir. Leonardo e os outros correram atrás dele e, num terreno baldio... o mataram a tiros.

Sofia estremeceu. Percebeu que seu interlocutor tinha participado e dizia que não, apenas para se preservar. Isso a fazia se perguntar se não havia mais mentiras naquele relato. De qualquer forma, a revelação não parecia fácil para ele, estava pálido e trêmulo. Sofia precisava saber mais. Perguntou, ansiando por uma resposta redentora:

– E vocês todos estavam de acordo? Ninguém pensava de outra forma?

Ele reagiu, como se quisesse convencer a si mesmo:

– Eu não senti nada, nenhuma pena. Tinha certeza que o sujeito merecia. Era um fraco, se ainda não tinha nos traído, ia acabar fazendo isso em algum momento. Claro que hoje é diferente, jamais pensaria em matar alguém para preservar algum segredo, mas, na época, estávamos numa guerra, e na guerra não há Deus, tudo é permitido.

Ele usa até Dostoiévski como justificativa, ela pensou.

– E Leonardo?

– Aí é que está: Leonardo ficou muito impressionado com a execução. Não conseguia mais dormir direito. Nos poucos dias em que ficamos juntos no aparelho, acordava toda hora e me dizia que estava vendo o rapaz no chão, olhos arregalados do susto da morte, esvaído em sangue. Foram vários tiros, com revólveres de calibres diferentes, então, pode imaginar o resultado... Seu irmão ficou muito perturbado. Olha, sinto te dizer isso, mas Leonardo ficou tão estranho depois desse episódio que quase comecei a desconfiar dele também. Ele delirava, contava episódios da infância...

O coração de Sofia estava tão disparado que ela sentia comichões nas mãos. Passou-lhe pela cabeça, por um momento, que Leonardo poderia até ter sido o rapaz assassinado pelos companheiros. O episódio que Taco lhe contava agora podia ter sido a execução de seu irmão. Essa hipótese fez sua vista escurecer por um momento. Resistiu. Não, não posso desmaiar agora, pensou. Seus braços formigavam.

Ela o cortou:

– E depois, o que aconteceu?

– Não sei. Fiquei muitos anos na cadeia e, depois, no exílio. Leonardo sumiu. Estava muito revoltado, culpava a nossa facção pelo que tinha acontecido. Não sei se foi morto ou se chegou a ser preso. Não sei mais nada.

Talvez por isso Leonardo tenha deixado esse grupo e abraçado a Guerrilha do Araguaia, Sofia pensou, mas não disse.

Perguntou se ele tinha algo mais a contar. Ele disse que não. Sofia deixou seu telefone, caso ele viesse a lembrar mais algum detalhe, e se despediu, pondo um fim àquela conversa tão difícil.

L

Estarrecida com a informação de que o irmão teria participado da execução de um companheiro, Sofia decidiu retornar aos escritórios do Brasil: Nunca Mais para checar a veracidade e os detalhes daquela história. Procurou de novo o reverendo Wright. O projeto se tornava uma forte organização que desenvolvia uma série de ações em prol dos direitos humanos. Sofia tentou descobrir, primeiro, quais testemunhos tratavam dessa execução. Sua suposição procedia: diferentemente do que tinha lhe assegurado o antigo companheiro de seu irmão, ele era mencionado pelos outros como um dos participantes da ação.

Sofia confirmou, com pesar, que realmente o guerrilheiro Antônio – codinome de Leonardo – também teria participado do ato truculento, segundo o testemunho dado na prisão por Taco e por outro membro da ALN. Contudo, não parecia haver nenhuma outra menção nos dados coligidos que mostrassem uma ligação entre o guerrilheiro de codinome Antônio e Leonardo, o que desapontou Sofia. O que teria acontecido a seu irmão depois de ter participado dessa execução?

A revelação de Taco a deixou extremamente incomodada. Tanto para seus pais, como para amigos e familiares, o desaparecimento do filho e irmão tinha permanecido envolto em uma aura de admiração, ainda maior do que a saudade. Por mais que se evitasse falar no assunto, todos imaginavam, cada um à sua maneira, o que Leonardo tinha vivido: aventuras, atos de heroísmo e bravura, resistência sob torturas inimagináveis.

Quanto mais positiva ia se tornando, no Brasil dos anos 80, a imagem dos que lutaram contra a ditadura, mais dourada ficava a memória de Leonardo. Ele se tornou uma coleção de retratos em um álbum em que os dedos da mãe tinham ficado impressos, de tanto passarem as páginas. Todas as fotos tinham legendas que remetiam a histórias e a momentos que, de tão rememorados, iam ficando cada vez mais interessantes, como se a lembrança do rapaz fosse uma estrela que iluminasse as vidas cinzentas e ordinárias deles. Uma estrela que se retirara do palco apenas para que sua presença fosse ainda mais notada. A ausência construiu, pouco a pouco, o mito: Leonardo não tivera defeitos, fragilidades, limites. Era lembrado pelo humor, pela coragem e pela generosidade. Não era humano, tinha se tornado um herói, ainda que somente no pequeno círculo em que viviam os que o conheceram na infância e na juventude.

A revelação sobre o assassinato que ele perpetrara, por livre e espontânea vontade, mesmo que por determinações que o ultrapassavam, provocou em Sofia sentimentos que ela não conseguia nomear. Era um misto de decepção e revolta. Aquele não era o irmão que ela queria lembrar. Chegou a pensar que talvez fosse melhor jamais ter vislumbrado aquele episódio. Onde antes havia um buraco, um vazio imenso, agora ficara um incômodo, uma espécie de nó que lhe torcia as entranhas. A única coisa que a aliviava daquela sensação era a esperança de que houvesse mais a descobrir. As dobras pareciam infinitas, versões sobre versões. Haveria algo mais por trás daquela história? Ela queria muito que houvesse.

LI

Sofia estava concluindo suas pesquisas e começou a ficar intrigada com um ponto que não tinha conseguido esclarecer: como Leonardo teria ido parar no Araguaia? A resposta a essa pergunta era fundamental, pois, dependendo do resultado, ele podia estar vivo ou morto. E ela acalentava a esperança de que ele estivesse vivo em algum lugar, que pudesse retornar de repente e contar que tudo não passara de um pesadelo. Talvez estivesse há anos conduzindo trens em um metrô sombrio da Suécia, ou entregando jornais, ou limpando latrinas em algum país europeu ou nos Estados Unidos. Papéis falsos, um ou dois casamentos com mulheres que não amava, apenas para obter cidadania e viver do seguro desemprego, esquecido de tudo que tinha vivido antes. A vida é assim, nos leva por caminhos inusitados. E, muitas vezes, é difícil voltar. A volta dá uma preguiça enorme. É melhor lembrar as pessoas que fomos e os entes que um dia amamos a enfrentar o estranhamento. Olhar para eles e perceber que não se sente mais nada, que o elo se partiu definitivamente, que não há retorno. Quantos exilados não viviam dessa forma? Sem passado e sem futuro, expatriados para sempre?

Seria essa a história de Leonardo? Sofia tanto temia quanto desejava essa possibilidade. E, se fosse assim, como ter certeza? Como poderia saber se ele estava vivo? Provavelmente a vida iria transcorrer até o fim e eles jamais se encontrariam.

Leonardo iria morrer, em algum lugar desconhecido, sem jazigo de família, sem memória, sem história.

Afinal, a morte é a única certeza da vida. Se Leonardo já não estivesse morto, morreria um dia, e ela também, e tudo que haviam partilhado. Todas as lembranças, as trocas de afeto quando ela era criança, os abraços, as brincadeiras, tudo se desfaria no tempo. Era esse o destino de todos os seres humanos. Então, por que ela sofria tanto? Por que aquela permanente angústia pela falta de uma conclusão, um desfecho, um ponto final? Por que não deixava o tempo passar e a lembrança se desvanecer até se tornar poeira no infinito, como se nada tivesse acontecido, como se tudo fosse aqui e agora e para sempre? "Tudo é sempre agora", o poema ecoava como um mantra em seu pensamento. Esqueça, tudo é sempre agora. Nada foi, nem será. Nada se perde, tudo se transforma, tudo é sempre agora.

Porém, ela não conseguia esquecer. Não havia sono que não fosse visitado pela presença de seu irmão, nem momento de felicidade que não viesse empanado por aquela ausência. Uma culpa fina e constante a trespassava, por ter sobrevivido, por estar no mundo e poder aproveitar os momentos felizes. Cada instante de alegria era um momento a mais sem Leonardo, um momento a menos que ele estaria vivendo ou compartilhando com ela e com a família. Leonardo era um rosto sorrindo no escuro, quando ela assistia a um filme ou espetáculo, era um braço que roçava o seu, cálido, humano. Ela olhava para o lado, de repente, esperando dar com o olhar dele, doce e próximo, e se desapontava. Quando Sofia ouvia uma música ou via um filme que a emocionava, imaginava-se contando a ele, e as lágrimas vinham a seus olhos. Sempre que ela abraçava um homem mais alto, a reminiscência de um gesto semelhante atravessava por um segundo seu inconsciente, mesmo que ela não estivesse pensando em seu irmão, mesmo que ela não pensasse em nada. Aquela falta pulsava, buraco negro no espaço.

Porém, o tempo passava e um dia todas as lembranças seriam esquecidas, as vivências, sentimentos e histórias se dissolveriam no insondável.

LII

A resposta que Sofia buscava veio de onde ela menos esperava. Depois de alguns dias, sua mãe lhe telefonou e pediu que voltasse lá, o que não era habitual, pois Luisa jamais demandava a mínima atenção, parecia preferir que a deixassem em paz, em sua solidão.

Sofia perguntou, preocupada:

– O que houve? Você não está se sentindo bem?

A mãe a tranquilizou:

– Não, filha, é uma coisa que preciso te entregar.

Quando Sofia chegou, Luisa a levou ao seu escritório. A máquina de escrever continuava no centro do quarto, olhando em volta como se o mundo lhe pertencesse, com sua presença silenciosa de inseto pré-histórico. As janelas se abriam de par em par e a luz iluminava as lombadas dos livros nas estantes. A mãe parecia saber a posição de cada um naquelas prateleiras que iam até o teto. Luisa costumava comprar livros para os filhos, mas tinha ideias peculiares sobre o que eles deveriam ler. Julgava seus livros preferidos inadequados para a educação de uma criança, mas não por razões convencionais. Para a mãe, era como se livros fossem pessoas, cada uma com sua história, sua dor. Queria preservar seus meninos dos tormentos que se desenrolavam naquelas páginas amareladas.

Uma vez, na infância, Sofia entrou ali. Contemplou os livros por longo tempo, fascinada. Pegou um deles e começou a ler. Guardava-o embaixo do travesseiro, e lia à noite, escondida, quando a mãe saía. Estava no meio do romance quando foi surpreendida com o volume na mão. Instintivamente, sabendo que Luisa não ia considerar a leitura apropriada para sua idade, Sofia fechou o livro depressa e o escondeu atrás das costas. A mãe perguntou:

– O que você está lendo, mocinha?

Sofia mostrou.

Luisa examinou a capa e fitou a menina, mais curiosa do que brava:

– Esse não é um livro para meninas da sua idade.

Era *Madame Bovary*, de Flaubert.

Sofia balbuciou uma súplica. A mãe folheou o livro longos instantes, depois o devolveu:

– Está bem, leia. Mas lembre-se: não há mal que sempre dure, nem bem que nunca acabe. É bobagem morrer por amor. Toda paixão acaba. Sofrer é estúpido – disse, com a fisionomia impassível.

Sofia não compreendeu nada. Aquele conselho estava muito distante de suas preocupações. A mãe teria tido algum amor infeliz? Não ousava lhe perguntar.

Imaginou que Luisa iria lhe contar algum segredo do passado. Sofia tinha razão, mas não era o que esperava.

LIII

Sentaram-se no sofá do escritório. A fisionomia da mãe estava mais etérea do que nunca. Sempre que via um filme antigo, Sofia se lembrava dela. Luisa tinha o carisma sutil, os modos elegantes das atrizes de antigamente.

A mãe pegou as mãos dela e lhe disse:

– Estou perdendo a memória.

Sofia a olhou, preocupada.

– Estou bem fisicamente, não se preocupe, mas em breve não me lembrarei de mais nada. E vai ser uma bênção: tem sido cada vez mais insuportável lembrar. – Tocou os cabelos da filha e lhe disse, olhando-a nos olhos, com um acento grave na voz: – Faça o que tiver que fazer, quando isso acontecer, está bem? Não quero que tenha nenhum sentimento de culpa em relação a mim.

Do que ela estava falando?, Sofia se perguntou, enquanto um arrepio percorria sua espinha: asilo, hospital, eutanásia...? Ela não queria nem pensar.

Luisa se levantou, pegou uma caixa em um armário pequeno que servia de arquivo para seus diários. Guardava seus escritos naquelas gavetas, poemas que permaneceriam inéditos para sempre.

– Primeiro, quero te pedir perdão – disse a mãe.

– Por quê? – Sofia perguntou, sem entender.

– Porque não pude te entregar uma coisa que te pertencia. Alguém me deu para entregá-la a você, mas era tão preciosa para mim, que não pude te dar – Luisa falava, a voz embargada. – Guardei-a comigo todos esses anos.

– O que é, mãe? – Sofia mal se continha, tamanha a curiosidade.

Luisa abriu a caixa e tirou de dentro dela um embrulho pequenino. O que era? Uma joia de família? Sua mãe não dava a mínima para joias, com certeza não era isso. Então ela fechou a tampa e, sobre a superfície de madeira, desfez um minúsculo embrulho. O papel de seda azul abriu-se, pétalas de flor amassada.

– A caixinha de música! – Sofia mal conteve uma exclamação de alegria quando a viu.

O brinquedo que o pai tinha feito especialmente para ela e lhe dera em seu aniversário, com um bilhetinho que dizia: "Em suas danças pela vida afora, lembre-se sempre de mim. Com amor, papai."

De repente, o susto a fez respirar fundo... Leonardo!... Lembrava-se como se fosse ontem de quando o irmão foi ao seu quarto despedir-se, e ela o abraçou, chorando, suas lágrimas molharam a camiseta que ele vestia. Na época, ela era pequena, sua cabeça mal chegava ao peito dele. Primeiro implorou que o irmão não fosse embora, como a mãe tinha lhe pedido que fizesse. Logo se deu conta de que era inútil, não conseguiria retê-lo. Por toda sua vida, porém, essa cena a torturava: achava que não tinha pedido com tanta ênfase, que devia ter sido mais firme, devia ter inventado alguma coisa para impedi-lo de ir, uma doença, o que quer que fosse. Mas nada lhe ocorreu.

Sofia recordou nitidamente seus próprios passos, indo à penteadeira, quando pegou, num impulso, a coisa de que mais gostava para dar a ele.

– Espera, quero que você leve uma coisa... Para que não esqueça de mim, tá? – repetiu, glosando o pai.

Ele riu, os olhos umedecidos, mas sem querer desmontar na frente da irmã caçula.

– Como eu iria te esquecer, bobinha?

Ela pegou o papel de seda azul que usava para escrever cartas às amigas quando elas viajavam e enrolou nele a caixinha de música. Então entregou ao irmão. Ele protestou:

– Mas você adora esse brinquedo, Sofia!

– Leve! Eu quero que você fique com ela. Vai ser como se você me levasse junto, como se guardasse um pedacinho de mim.

Leonardo concordou. E sorriu. Aquele sorriso que ela adorava.

– Eu vou voltar, maninha! Não fique assim, você vai ver.

Ela estava mais perturbada do que costumava ficar quando ele partia. Sabia o quanto Leonardo estava ressentido com o pai, os dois não conseguiam se comunicar. Era sempre o irmão quem a defendia quando os pais ralhavam com ela, mas Sofia não conseguia ajudá-lo agora. E tinha um mau pressentimento sobre a partida dele, embora não soubesse o que iria acontecer.

Abraçaram-se longamente. O cheiro do irmão invadiu as narinas da menina, um cheiro de lavanda de barbear, um cheiro de rapaz. Nunca mais o veria. E agora a caixinha de música nas mãos da mãe. O que aquilo significava? Não conseguia evitar o impulso de perscrutar em volta, olhos e ouvidos atentos, como se o irmão pudesse aparecer de repente.

LIV

Luisa pegou uma pinça e deu corda no mecanismo. A música começou, suave, em pianíssimo. A minúscula bailarina estremeceu, como se alguém lhe desse um sopro de vida. Começou, então, a revolutear em torno do par, em movimentos vívidos, com uma naturalidade que só o gênio inventivo do pai lhe poderia ter dado.

Sofia a contemplava, tão encantada como na primeira vez. Vinham-lhe lágrimas aos olhos, a respiração descompassada. Tinha medo de perguntar à mãe: Leonardo está vivo? Ele teria retornado? Não, se ele tivesse voltado a mãe estaria fora de si. Haveria festa, foguetes, parentes e vizinhos. Ele teria enviado o brinquedo de algum lugar? Não. "Alguém me deu para te entregar..." "Guardo há muitos anos..." As frases da mãe ecoavam em sua cabeça, tentando juntar-se e tomar forma, como um quebra-cabeça em que faltavam peças. Finalmente, buscando uma explicação para aquele pequeno milagre, Sofia ousou perguntar:

– Ele... ele não levou a caixinha quando foi embora?

Temeu a resposta. Fosse assim, sentiria quase mágoa, por mais que estivesse feliz em reaver o presente que o pai tinha feito para ela.

– Ele levou seu presente, querida. Mas me devolveu e pediu para eu te entregar, antes de partir para o Araguaia.

– Então... então foi daí que saiu a notícia de que ele tinha desaparecido na guerrilha – Sofia olhou a mãe, surpresa. Perguntou, num fio de voz: – Você chegou a revê-lo, mãe, depois de ele ter saído de casa?

– Sim. Eu o vi, filha. Antes de partir para o Pará, ele telefonava de vez em quando, para tentar me tranquilizar. Quando falou que iria partir e ficaria incomunicável por um tempo, viajei a São Paulo para encontrá-lo, por mais que ele não quisesse. Ele tinha medo de que eu sofresse algum risco. Meu único medo era que me seguissem e o prendessem na minha frente. Isso teria sido a morte para mim.

– Como foi que você o encontrou, mãe? – Sofia a segurou pelos ombros. – Me conte tudo, por favor...

A mãe virou-se, ficou de perfil para ela, olhando o chão e torcendo as mãos, com visível nervosismo.

LV

Luisa começou a falar, com dificuldade. A velhice dava-lhe um acento oracular, a respiração pesada entre uma frase e outra fazia com que ela parecesse cansada:

– Leonardo estava muito perturbado. Disse que tinha uma missão a cumprir. Iria fazer longa viagem. Não contou para onde. Uma pessoa me passava informações sobre ele por telefone, de vez em quando. Anos mais tarde, esse contato disse que ele tinha ido para o Norte. Mas só tive notícia de que era a Guerrilha do Araguaia muitos anos depois.

– O que mais Leonardo contou?

Luisa ficou em silêncio. Seus lábios tremiam. Ela queria falar, mas as palavras não saíam. Sofia mudou a pergunta:

– Ele estava bem?

– Não. Estava muito angustiado. Muito. Ele me contou... uma história... Ele tinha feito... uma coisa horrível...

Sofia ficou paralisada. Sua voz saiu crispada:

– Ele te contou, mãe?

A mãe olhou para ela e Sofia percebeu, de repente, por seu olhar esgazeado, que Luisa sabia de tudo. A mãe também compreendeu que Sofia tinha tomado conhecimento daquela história:

– Como você... soube? – Luisa perguntou, hesitante.

– Por um antigo colega dele.

Sofia pensou um segundo e soltou, incomodada:

– E você? Quem te contou, mãe?

– Ele mesmo. Estava devastado pela culpa – Luisa explicou. – E eu não sou uma mãe como as outras, você sabe.

Sim, Sofia sabia.

A mãe tinha lido demais. Era como se tivesse vivido tudo. Ou quase tudo. Nenhuma literatura, no entanto, pudera ajudá-la a superar o que Leonardo lhe contara.

– Está bem, mas o que, exatamente, ele te contou? – Sofia perguntou.

A mãe engoliu um soluço, ainda de perfil, olhando o nada:

– Ele... ele matou um rapaz. Um colega! Eu mal podia acreditar! Você não imagina o que eu senti. Como foi duro ouvir essa confissão!

Sofia sentiu-se obrigada a atenuar:

– Mas ele não atirou sozinho e, depois... ele foi pressionado pelos outros a fazer isso.

Não conseguiu diminuir o desespero da mãe. Ela torcia as mãos enquanto falava. Sofia tentou tocá-las, mas estavam tão geladas que as soltou, instintivamente.

– Sim, mas isso não o tornava menos culpado. E era como ele se sentia. Culpado.

– E como você recebeu isso? Você o reprovou?

– Depois que já tinha acontecido? Não. Era impossível voltar atrás e trazer de volta à vida o garoto que ele tinha ajudado a matar. Não. Eu me assustei demais, mas não o recriminei. Seria inútil. Ele precisava do meu perdão para poder continuar vivendo, mesmo que eu não fosse capaz de...

Luisa enterrava as unhas nas palmas das mãos. Sofia percebeu que estavam a ponto de sangrar. Continuou, as lágrimas escorrendo pela face:

– Tentei consolá-lo como pude, mas... Em meu coração, eu só pensava na outra mãe. A mãe do morto. – Olhou para Sofia, sentindo-se obrigada a explicar: – Podia ser o contrário, entende? Podia ter sido Leonardo o menino executado pelos companheiros.

Sofia balançou a cabeça, compreendendo-a. Era demais para ambas, aquela história. Mas era um alívio, pelo menos, dividi-la com a mãe.

– E o que você fez, mãe?

– Nada. Não fiz nada. O que eu poderia fazer? Apenas passei a tarde toda com seu irmão, a cabeça dele em meu colo. Acariciei os cabelos dele até que dormisse. Teria passado o resto da vida ali se Mariana não tivesse chegado.

– Que Mariana? – Sofia perguntou.

– Era a moça com quem ele ia partir. Ele estava apaixonado por ela.

– Você teve notícias deles depois?

– Sim. Ela conseguiu sair do grupo. Foi embora do Pará quando descobriu que estava grávida. Chegou a me telefonar uma vez, disse que tinha tido uma filha e gostaria que nós a conhecêssemos. Só vim a saber que a moça se chamava Mariana depois. Na época, ela se apresentou com outro nome, que esqueci.

A esperança fez Sofia dar um pulo.

– Então... de fato ela é a autora da primeira parte do relato que te enviaram, mãe.

A mãe confirmou:

– Sim, acredito que sim. Se nós conseguíssemos encontrá-la...

Luisa queria dizer que Mariana talvez pudesse fazê-las descobrirem o paradeiro de Leonardo. Sofia perguntou, quase sem voz:

– E então? O que aconteceu? Vocês a reencontraram?

– Seu pai foi à cidade dela, mas quando chegou lá, soube, muito desapontado, que ela tinha desaparecido, junto com a filha. Os pais dela não sabiam o que tinha acontecido. Pode ser que ela tenha sido capturada.

Sofia não conseguiu evitar um ricto de decepção.

– O pai foi procurá-la sozinho? Por que você não foi com ele? – recriminou a mãe, já que não podia fazer nada contra o destino.

– Não pude. Era demais para mim. Claro que eu queria revê-la e conhecer a criança, mas era muito difícil para mim. Talvez, depois, pudesse vir a me aproximar delas.

– Não houve depois.

– Não – a mãe murmurou, com tristeza. – Não houve depois – falou, a voz diluída. – Ao ler o relato, comecei a compreendê-la. Quando a conheci, tive dificuldades em gostar dela, porque eles estavam prestes a partir juntos. De qualquer forma, mesmo conhecendo-a apenas por um instante, tive certeza de que ela amava seu irmão. Rezei para que esse amor fosse suficiente para...

– Para?

– Para salvá-lo do desespero.

A mãe soltou a mão de Sofia, em meio a um soluço. A filha enlaçou seus ombros, as cabeças das duas se tocaram, apoiando-se mutuamente.

– Eu tentei retê-lo – explicou, como se precisasse se justificar. – Pedi que ele voltasse para casa e abandonasse toda aquela loucura. Mas ele me disse que era tarde demais. "Eu virei um bicho, mãe", ele disse. "Reajo a tudo como um animal que está sendo caçado. Preciso ir para a mata, talvez lá encontre alguma paz..."

Então, Luisa apontou a caixinha. O casal de bailarinos tinha parado em uma suave reverência, como se agradecesse os aplausos.

– Quando nos despedimos, em São Paulo – concluiu Luisa –, ele me deu a caixinha de música e pediu que eu a entregasse a você. Me pediu para dizer que te amava e...

– ... e que eu me lembrasse dele sempre – Sofia disse sorrindo, em meio às lágrimas.

A mãe balançou a cabeça, chorando. O dia empalidecia do lado de fora e os contornos de ambas tornavam-se indefinidos.

– Mas não pude te entregar, desculpe. Eu precisava da caixinha. Precisava de alguma coisa que parecesse viva. Alguma coisa que me falasse dele.

Sofia apertou seus ombros com delicadeza, abraçando-a mais.

– Eu entendo, mãe. Não se preocupe.

– Ali estava o meu filho, o seu irmão. O menino que carreguei em meu ventre, que amamentei e acalentei, e vi crescer... Eu e seu pai jamais poderíamos imaginar que ele um dia fosse capaz de matar alguém.

– Ele não era o único, mãe, muitos, naquela época, se achavam os donos da verdade...

– Pode ser, querida, mas... Foi aí que eu entendi, sabe? – continuou a mãe. – Entendi que nada daquilo fazia sentido. Quanto desespero, quanta errância! E o meu filho seguindo aquele curso, caminhando de propósito para o cadafalso! E eu não podia impedi-lo.

Depois de um momento, com um gemido, ela murmurou:

– Como ele poderia viver carregando esse peso?

Seu corpo balançava para frente e para trás. Depois de algum tempo, a mãe finalmente falou, chorando:

– Eu não pude perdoá-lo, não pude. Era demais para mim. Não podia aceitar o que ele tinha feito. É por isso que não me importo de perder a memória. Lembrar é doloroso demais.

Sofia compreendeu que o ato que o filho cometera lançara a mãe no abismo da culpa.

Estava escuro. A noite caiu, sem que elas percebessem. Ficaram ali longo tempo, abraçadas.

Os livros testemunhavam, em silêncio.

LVI

Sofia consultou mais uma vez, com sofreguidão, os relatórios produzidos pelo projeto Brasil: Nunca Mais, agora para ver se encontrava alguma notícia da companheira de Leonardo. Segundo os relatos, a moça tinha conseguido deixar o Araguaia e fora para São Paulo, mas pouco depois desaparecera misteriosamente. A esperança de encontrá-la, poder falar com ela e ter alguma notícia do irmão e, provavelmente, da sobrinha, deixava Sofia sem fôlego. Difícil viver com aquela ansiedade. Decidiu procurar os pais da jovem. Felizmente, eles ainda moravam no endereço que sua mãe lhe dera. Por telefone, eles concordaram em recebê-la.

Sentada no sofá, na sala simples, a jornalista tomou um gole de café apenas para ganhar tempo, antes de falar. Era visível o desconforto dos pais de Mariana, sentados à sua frente. Sofia percebeu como o pai segurava com força a mão da esposa.

– Eu sei que tudo parece muito estranho, não tenho certeza de nada. A única evidência que tenho é a de que sua filha telefonou para os meus pais, mas já faz tanto tempo que... Bem, talvez vocês tenham preferido esquecer esse assunto, mas eu *preciso* saber mais sobre o que aconteceu a meu irmão, por isso estou aqui.

O homem a olhou com delicadeza e falou, pausadamente:

– Não se preocupe, nós compreendemos sua angústia. Há anos esperamos alguma notícia da nossa filha... e da nossa netinha. – Apertou mais ainda a mão da esposa. – Por isso nunca mudamos de endereço. Esperamos que ela volte algum dia...

– Por favor – Sofia continuou –, sei que é difícil, mas queria pedir que me contassem tudo o que houve depois que sua filha voltou do Araguaia.

A mãe não dizia nada, os lábios dela tremiam ligeiramente. O pai começou, com esforço:

– Ela estava com medo. Mais medo dos companheiros de partido do que da polícia, pois, um dia, um homem que ela conhecia esteve aqui e conversou com ela por um bom tempo, parece que lhe disse coisas duras, que a incomodaram muito. Infelizmente, eu não estava em casa, só a minha mulher. Ele achava que ela havia traído os antigos companheiros, que tinha revelado tudo o que sabia aos militares, por isso os guerrilheiros teriam sido encontrados. Era mentira. Ela jamais teve contato com ninguém desde que chegou. Manteve-se escondida conosco até que nossa neta nasceu.

Sofia não se conteve:

– Como era a pequenina? Como se chamava?

As lágrimas escorreram pelo rosto da avó e ela respondeu, num fio de voz. Sofia estremeceu quando ouviu:

– Luisa, ela se chamava Luisa.

– É o nome da minha mãe.

A senhora assentiu com a cabeça, querendo dizer que sabia.

– Sim, era o nome que seu irmão queria que nossa filha desse ao bebê, caso fosse uma menina – o pai confirmou, comovido.

– Então eles nunca quiseram o aborto... – Sofia pensou alto.

Os pais a olharam, sem compreendê-la. O pai disse, com veemência:

– Claro que não. Eles sempre quiseram a criança. Mariana sonhava em reencontrar seu irmão! Mas isso foi antes dessa visita que te contei. Ela mudou completamente depois que eles vieram.

– Eles? Quem eram eles? Quantos?

– Apenas um falou com ela, mas havia outro lá fora, esperando. Não sabemos a identidade deles, pois todos usavam nomes falsos, mas eram pessoas do partido.

– E então?

– Um dia, ela simplesmente desapareceu.

– E levou a filha com ela?

– Sim – a avó disse, consternada. Deitou a cabeça no peito do marido e começou a chorar.

Ele acariciava a cabeça dela, enquanto explicava:

– Nossa filha não conseguia separar-se da criança nem por um momento. Tinha terror de que acontecesse algo com a menina. Achava que eles podiam agir por vingança.

– Qual era a idade da pequena? – Sofia perguntou, o coração quase explodindo no peito.

– Três anos – o pai respondeu, e acrescentou, falando com dificuldade: – Ela era nossa alegria. Nunca fomos tão felizes como naqueles três anos, apesar do medo de que algo terrível lhes acontecesse.

A mãe fechou os olhos e murmurou, soluçando:

– Elas ficaram sozinhas quando fui fazer compras... Eu não devia...

O pai apertou com força a mão da esposa, desta vez, admoestando-a, com firmeza:

– Pare, querida, não foi sua culpa.

– Como sabem que ela foi embora? Ela pode ter sido raptada...

– Mariana levou quase toda a roupa da criança. E uma amiga nos contou que ela havia comentado que iria embora. Temia nos colocar em risco.

– Não há nenhuma pista de para onde ela foi? – Sofia perguntou, ansiando também conhecer sua sobrinha, o que parecia impossível. Passara tanto tempo!

– Ela queria sair do Brasil, tomar outra identidade – o pai explicou, com dificuldade. – Eu não a deixei ir. Achávamos uma loucura ela querer sair do país foragida, com uma criança pequena. Foi uma besteira. Eu podia ter ido com ela... Se tivesse feito isso, quem sabe, agora... – o pai murmurou, com olhar vazio.

Sofia o consolou:

– O senhor fez a coisa certa. Se tivesse ido com ela, talvez estivesse desaparecido também.

– Pode ser. Mas pelo menos saberia alguma coisa. É horrível não saber, entende?

Sim, Sofia entendia. Pousou sua mão sobre as deles e ficaram os três em silêncio, até que a jornalista decidiu partir.

LVII

Sofia ligou para Laura e disse que precisava voltar a Brasília para uma nova conversa.

– Mas eu já lhe disse tudo que sei – replicou a filha do militar.

– Por favor, não se chateie comigo, mas preciso conversar mesmo assim. Talvez você possa me indicar algum caminho. Eu não tenho outra alternativa, essa é a única possibilidade que me resta de obter mais alguma informação.

A contragosto, Laura concordou em recebê-la na semana seguinte, e Sofia marcou viagem. Esperava que Laura a fizesse, talvez, chegar a outros militares que teriam estado no Araguaia com o pai dela. Queria encontrar alguém que pudesse dar alguma pista sobre a origem do manuscrito.

Conversou com Laura muito tempo, tentando ver se ela sabia ou se lembrava de alguma coisa ou de alguém que pudesse ajudá-la a descobrir o que teria aproximado seu irmão do pai dela. Laura disse que o pai não tinha amigos, quando muito, subordinados, cujos rostos e nomes ela desconhecia.

O relato podia ter sido encontrado quando Leonardo foi capturado, Laura ousou sugerir, quando Sofia lhe contou que o irmão era um guerrilheiro que lutara no Araguaia. A jornalista concordou, arrasada. Já não bastava descobrir que seu irmão tinha matado um companheiro? A possibilidade de que o relato havia chegado às mãos do militar, pai de Laura, porque Leonardo tinha sido morto e, provavelmente, torturado, era dolorosa a um ponto quase insuportável para Sofia.

Perguntou a Laura se alguém havia indagado antes pelo manuscrito, pensando na visita que seu próprio pai teria feito ao militar. Laura respondeu que não se lembrava, mas explicou que sua mãe ainda era viva na época.

– Seu pai pode ter conversado com ela – disse, com simpatia, para Sofia.

Impossível saber se eles tinham se encontrado e o que conversaram, enfim. Então, Sofia levantou-se do sofá e se preparou para ir embora, desconcertada. Foi quando uma moça muito bonita apareceu na sala. Laura a apresentou como sua irmã caçula. Contudo, enquanto a mais velha era alourada e tinha olhos azuis, a jovem tinha os cabelos crespos. Laura tinha um rosto comum, embora Sofia tivesse podido comprovar que era uma mulher educada e gentil. Cíntia, por outro lado, era uma belíssima morena, um tipo bem brasileiro, os cabelos cheios lhe caíam, em mechas negras, pela cintura. Tinha o corpo bem formado e o andar sinuoso. Era visivelmente adotada ou, no mínimo, meia-irmã.

Sofia cumprimentou-a, olhando-a muito, intrigada. Para disfarçar a forte impressão, elogiou sua beleza. Então lembrou que, assim que se conheceram, Laura mencionara que sua irmã tocava piano, como a mãe:

– Ah, é você quem toca piano!

A moça riu.

– Laura disse isso? Oh, não. Aprendi um pouco quando era pequena, mas hoje toco muito mal. Na verdade, faço dança aérea.

– Dança aérea?

– Sabe que ela acabou de ganhar uma bolsa para estagiar em Paris? – adiantou Laura, como uma mãe orgulhosa.

– Meus parabéns! – Sofia exclamou, sem saber o que seria "dança aérea". – Puxa, deve ser maravilhoso te ver dançar, eu adoraria assistir a um espetáculo seu algum dia.

Laura hesitou um pouco, sem querer constranger Sofia a aceitar apenas por educação, mas decidiu:

– É mesmo? Bem, se você não tiver outros compromissos em Brasília, a companhia da Cíntia vai dançar esta noite na Sala Martins Penna.

Laura pensou que a jornalista iria recusar, mas ela se prontificou:

– Quero ir sim. A que horas vai ser? – perguntou Sofia, pensativa. Um minuto antes, pretendia ir para o aeroporto.

Laura lhe entregou um convite.

– Será um prazer para nós, mas se não puder ir por alguma razão, não se preocupe, você pode dar o ingresso a outra pessoa.

Cíntia sorriu e pediu licença para ir embora, pois precisava chegar cedo ao teatro. Sofia se levantou na mesma hora e disse que tinha que ir também. Agradeceu, mais uma vez, a atenção com que fora recebida e afirmou que faria tudo para ir ao balé.

As duas entraram juntas no elevador.

– Você é amiga da minha irmã? – a jovem perguntou.

– Sim. De certa forma, sim – disse Sofia, um pouco hesitante, sem querer explicar por que estava ali.

Despediram-se, Sofia a observava com intensidade; com a respiração alterada, reforçou que iria vê-la naquela noite. Cíntia lhe fez um aceno simpático, de longe.

No teatro, Sofia sentou-se o mais perto que pôde do palco, mas procurou não ficar perto de Laura. Por fim, o espetáculo começou.

Cíntia era uma das principais figuras em cena, equilibrava-se no ar, suspensa em longas tiras de tecido branco. Sofia assistia, emocionada. O corpo da jovem se movia, em circunvoluções. Dialogava com o espaço, criando figuras geométricas. A luz a envolvia, como se contracenasse com ela. Quando ela se sentou no balanço de cordas, soltou o cabelo. Os cachos flutuavam no ar. Parecia em transe, embriagada pela música. Como a minha bailarina, Sofia pensou, emocionada. A caixinha de música tinha crescido, tornara-se a sala de espetáculos. Os movimentos ressoavam em Sofia, como se fosse, ela mesma, a protagonista do seu brinquedo. Começou a chorar, as lágrimas escorriam, sem pudor. A imagem de Cíntia revoluteando no ar tremulava, diáfana, sob a cortina em seus olhos.

Só então, depois de mal suportar, o dia todo, a ansiedade, teve certeza: as covinhas no rosto de Cíntia quando ela sorria, seus olhos cor de mel encimados por longos cílios, ela era inteira... Leonardo. Tanto mais parecida porque a moça era jovem como ele era, quando Sofia viu o irmão pela última vez.

LVIII

Assim que chegou, quase aos pulos de tanta alegria, Sofia decidiu ir à casa da mãe, para contar a ela sua descoberta e pensarem juntas no que deveriam fazer. Como iriam contar a Laura? Como ela e Cíntia iriam reagir? Precisava do apoio da mãe para tomar todas as providências necessárias para recuperar o contato com a sobrinha. Por isso o militar enviara o manuscrito à sua mãe: talvez querendo reparar a culpa por ser um dos responsáveis pelo desaparecimento dos pais da menina que adotara como filha.

Tomou um táxi, mas, no caminho, começou a fazer várias reflexões inquietantes. O que diria à mãe? Parecia ter havido, de fato, algum contato entre seu irmão e o pai de Laura. Os militares teriam capturado a companheira de Leonardo por haver menção a ela no diário? O que teria acontecido a Mariana? Sofia se perguntava, com horror. Por que o militar teria adotado a filha de Leonardo? Era impossível saber agora. As únicas evidências eram a semelhança física e o manuscrito. Era preciso ir mais longe para transformar aquelas hipóteses em certezas. Sofia era menina quando viu o irmão pela última vez. Todas aquelas conjeturas podiam não passar de fantasias, depois de uma vida inteira presa à angústia daquela falta. A dor fora aguçada a um limite máximo naqueles meses de busca. Tantas perguntas ficariam eternamente sem resposta! Sofia jamais teria certeza de nada.

Não pôde partilhar as dúvidas com a mãe, porque, quando chegou, Luisa estava dormindo, sob o efeito dos remédios que tomava. A cuidadora abriu a porta e perguntou se Sofia queria comer alguma coisa. Ela disse que não. Queria dar uma olhada na mãe, de qualquer forma. A senhora lhe ofereceu um chá, e ela aceitou.

Entrou no escritório de Luisa, por um instante. Brincou com a máquina de escrever, como fazia quando criança, por ciúmes da importância que a mãe dava àquele objeto.

A máquina continuava imóvel, impassível. Sofia aproximou-se e acariciou-a por um momento.

– Você sabe de tudo, não é? Só você sabe – murmurou.

Viu que havia um texto no carrinho, algo que Luisa estava escrevendo, mas não prestou muita atenção. Entrou no quarto, olhou a mãe, arrumou o travesseiro sob a cabeça dela e a cobriu. Então, abaixou-se e beijou-lhe a testa. Luisa suspirou, profundamente. Talvez sonhasse com o retorno do filho.

Sofia não imaginava que era a última vez em que a veria viva.

LIX

O funcionário do hotel desenhou o percurso no mapa que Sofia estendia no balcão, à sua frente. Explicou-lhe, num inglês sofrível, que era longe e que o melhor que ela podia fazer era pegar um ônibus que passava a duas quadras dali. Iria diretamente para a praça em que ela queria chegar. Ao começar a caminhada, ela chegou a pensar, por um momento, em pegar um táxi, mas desistiu. Melhor não. Ela não tinha pressa, queria pensar um pouco. Tinha hesitado muito antes de viajar e as dúvidas ainda a assaltavam. Chegou a pensar em voltar para o aeroporto. Mas era longe. Já tinha ido longe demais.

– Em tudo – murmurou.

As árvores nuas do outono exibiam os troncos enegrecidos. Os pés afundavam no tapete de folhas douradas. Tomou o ônibus, sentou-se. Como é linda Paris, ela quase esqueceu o que tinha ido fazer. Uma estranha paz a dominava. Estou fazendo o que Leonardo iria querer que eu fizesse, pensou, encorajando a si mesma. O vento zunia, varrendo as folhas, quando ela desceu do ônibus no canal Saint Martin, apenas para caminhar um pouco, pois chegou quase uma hora antes a seu destino. Passarelas com grades bordadas encimavam as águas. Uma paisagem de Proust, pensou Sofia. Desceu caminhando pelo parque, crianças com casacos pesados e gorros de lã corriam, soltando gritinhos. Era quarta-feira. Alguém tinha lhe explicado que, nesse dia, não havia aulas, o que ela achou estranho. Como as pessoas podiam trabalhar e cuidar das crianças, ao mesmo tempo?

Chegou até a praça dominada pelos gigantescos vitrais da Gare de l'Est. Ao lado da estação ficava a bela edificação cor de creme do antigo convento, que virou moradia de estudantes e artistas. Foi ao portão do prédio, apertou o interfone. A zeladora lhe disse, em francês, que o elevador estava avariado. Ela não entendeu, então a mulher apenas indicou os degraus que ela teria que enfrentar.

O prédio não era tão alto, mas ela precisou esperar algum tempo para recuperar o fôlego quando chegou ao terceiro andar. Não sabia se estava sem fôlego pelo esforço ou pela ansiedade. Deu um toque tímido na campainha.

A porta se abriu, devagar.

Cíntia estava de pijamas. O cabelo em desordem a tornava ainda mais bela. Apertou os olhos sonolentos e, abrindo um sorriso, convidou Sofia para entrar e sentar-se.

– Puxa, desculpe! Tive prova ontem, hoje acabei dormindo mais do que gostaria...

– Eu que peço desculpas por estar te acordando! Se preferir, volto em outro momento.

– Não, de jeito nenhum, imagine! É um prazer te receber aqui! Minha irmã Laura me ligou, avisando que você vinha – Cíntia apressou-se em explicar.

Os móveis modernos faziam contraste com a austeridade das paredes do antigo convento. Quarto, sala e cozinha na única peça, em um arranjo de design perfeito. A jovem abriu as janelas e respirou um pouco o ar que penetrou o aposento. Deixou-se iluminar um instante pelo sol pálido do outono, os olhos fechados.

– Ah, como é bom quando há sol aqui! É o que me faz sentir mais falta do Brasil, sabe? – Virou-se e disse, com uma piscadela: – Vou fazer um café para nós duas.

Colocou água na cafeteira e despejou ali duas colheres generosas de pó de café. A moça ajuntou, procurando ficar mais à vontade com uma pessoa que conhecia tão pouco, afinal:

– Laura me disse que você mesma ia me contar sobre o motivo da sua visita...

Antes que Sofia respondesse, um passarinho entrou pela janela aberta, em voo vacilante. Pousou no quadrado de luz, no chão.

Cíntia espalhou farelos de pão e, depois de uma ou duas tentativas, com sua agilidade de bailarina, conseguiu agarrar o animalzinho, segurando-o com delicadeza nas mãos em concha.

– Eles vivem entrando aqui, depois começam a voar como doidos, batendo nas paredes.

Acariciou a cabecinha do bicho, sorrindo. Debruçou-se na janela e o lançou no ar.

– Voa, voa, passarinho! De volta ao seu ninho! – glosou versos que conhecia de criança.

As duas o contemplaram enquanto ele conquistava o espaço.

Sofia ia dar uma desculpa sobre o que a trouxera a Paris, mas desistiu. Falou, com voz firme:

– Vim para conversar com você, Luisa.

Ao ouvir esse nome, o corpo esguio de Cíntia, contra a luz da janela, estacou de repente. Ela estremeceu e se voltou, lenta. Inclinou a cabeça para o lado e olhou para Sofia.

A lembrança soltava-se das profundezas, pedra arrastada pela água. Veio subindo à tona, devagar, envolta em algas e musgo.

LX

O vento insistia em dobrar a folha de papel presa na máquina de escrever, como se quisesse atrair a atenção de Sofia. Ela se aproximou, moveu o carrinho e soltou a folha. O papel parecia ter sido deixado preso ali para que alguém o encontrasse. Como uma explicação ou... uma carta de despedida?!, pensou. E, de repente, a dúvida.

Sentou-se na poltrona, trêmula, o papel na mão. As letras embaralhavam.

Rememorou os eventos daquela manhã, quando chegou, depois do telefonema da vizinha. Viu a ambulância na porta da casa e entrou correndo, a porta do carro ficou aberta. No quarto, a mãe nas mãos dos enfermeiros. Lábios arroxeados, a pele pálida. O coração de Sofia saltava a cada choque que eles imprimiam no peito dela. A brutalidade dos procedimentos de reanimação sacudia também as entranhas da filha. Os enfermeiros a instaram a chamar a mãe pelo nome. Luisa! Luisa!, Sofia disse e, de repente, entendeu que ela nunca mais a ouviria. Nunca mais. Mãe! Mãe!, gritou, sem reconhecer a própria voz.

Luisa foi carregada em uma maca e Sofia entrou na ambulância com ela, sem saber se ela reagira ou não. Mais tarde, a dor de cabeça, sob as luzes fortes do hospital. Só então se permitiu chorar, um choro convulso e forte, de criança. Sedativos, sono, quando talvez tivesse que estar acordada. Depois, a impressão de assistir a si mesma, num pesadelo, no velório e na cerimônia de cremação.

Somente semanas depois conseguiu retornar para arrumar as coisas, ver o que iria guardar e o que iria doar, desmontar tudo, enfim, para que a casa pudesse ser vendida. Os móveis cobertos com lençóis. Nada restaria que pudesse contar o que havia acontecido entre aquelas paredes. A mãe se foi, logo seria a vez dela, Sofia. Estou sozinha, pensou. E reagiu: Não, tenho meus amigos. Tenho Marcos. De repente, compreendeu a importância que Marcos tinha para ela. A constatação deu-lhe um suave sentimento de liberdade. E foi esse pensamento reconfortante que a fez voltar a si e ser capaz de ler, enfim, o texto que a tinha surpreendido e intrigado, ao encontrá-lo preso à máquina de escrever de Luisa. A página amarelada indicava que ele tinha sido escrito há muito tempo. Então, a mãe o tinha colocado na máquina de propósito, para que Sofia o lesse:

"A porta bate e me viro, a respiração suspensa. A cortina ondula na janela. Mais uma vez tenho a impressão de que você entrou, certamente no banheiro. Escondeu-se para me dar um susto, como fazia quando criança? Eu fingia que não estava te vendo debaixo da mesa, ou atrás do tapete. Procurava, chamando seu nome. Como faço agora, num murmúrio que cresce e se transforma em pergunta. Pressinto sua presença. Sei que você está aqui. A certeza me perturba, o coração bate, o rubor me sobe às faces. Meu corpo se prepara para esse abraço que irá me tirar do chão. Ficarei tonta quando você me girar no ar, os braços mais fortes agora, homem feito. A barba irá roçar meu rosto? Não, você iria querer chegar com o rosto escanhoado, medo de que, depois de tantos anos, eu não mais te reconhecesse. Fosse possível não te reconhecer! Você, que saiu do meu ventre. Por que tantos anos sem notícias? A quem deseja punir com sua falta? A seu pai? Você teria medo do retorno? Não imagina quantas vezes ouvi seu pai chorar sozinho, a porta do banheiro fechada, para que eu não percebesse. Não posso chorar, filho. Não choro nunca, só vou chorar quando tiver certeza de que você não voltará mais.

"Ouço um ruído na direção da cozinha. O cachorro sentiu seu cheiro, levanta o focinho, late. Uma, duas, três vezes. Somos dois, agora, em expectativa. Quase vejo seu vulto, oculto no umbral da cozinha. Entro de repente, quero te surpreender. Você me olha, ao mesmo tempo assustado e excitado. Leva à boca o dedo com o creme roubado da cobertura do bolo. Repreendo, um tapinha na mão, sem força. Seu rosto se ilumina. Sinto uma vontade momentânea de te bater de verdade, mas, no fundo, estou feliz. Daria o bolo inteiro a você, se não soubesse que prefere assim. A travessura te encanta, aumenta seu prazer. Você sempre fez o que quis. Nada te detinha. Ninguém podia te impedir de ser você mesmo. Arrumo a mesa para o café, coloco sua xícara preferida, aquela da asa quebrada. A avó te deu e você nunca me deixou jogar fora. Nunca deixei que ninguém sentasse em seu lugar, meu filho, nem as visitas, ninguém.

"Tenho tantas perguntas a te fazer! Não, primeiro, vou explodir em choro, junto a seu peito. Da mais pura alegria. As lágrimas que jamais derramei. Vejo seus olhos sorrindo. Também marejados. E o abraço? O abraço que me tira o fôlego. Desfaleço em seus braços. Consumi todas as forças nessa espera. Quantas tentativas de encontrar seu paradeiro! Por que você precisou se esconder, meu filho? A quantas fugas te obrigaram! Mas não te farei recriminações. Não precisa explicar nada. Tudo é passado. Podemos começar outra vida. Há tanto a contar um ao outro!

Você sabe o que aconteceu nesse tempo? Quem morreu, os presidentes que sucederam, as mudanças de moeda? Esteve tão longe de casa... Leio relatos de exilados. Procuro seu rosto nas fotos de homens de sobretudo, em paisagens cobertas de neve. Imagino te encontrar vagando no escuro dos metrôs, esfomeado e sem emprego. Sem documentos, em algum país onde será sempre estrangeiro. Errante, com medo de voltar e não encontrar o que deixou. Medo de não encontrar mais a si mesmo. Mas agora... Agora tudo acabou, meu filho!

"*Repito esse ritual todas as manhãs, e sigo seus passos invisíveis pela sala. Entro na cozinha, abro armários, num gesto sem sentido. Como a te convencer de que entrei nesse jogo de esconde-esconde.*

"*Fecho-os, rápido, quero que acabe logo, já não tenho forças para continuar. Vivo apenas a sua volta, seu retorno se repete em meus sonhos. Acordo com a sensação de que, finalmente, aconteceu: você está dormindo no quarto ao lado. Levanto no meio da noite, pé ante pé, abro a porta, na expectativa de escutar sua respiração. Chego junto à cama vazia e ajeito os lençóis sobre o corpo que não está ali. Como fazia quando você era menino e dormia sem se lavar, me fazendo despi-lo e vestir seu pijama com dificuldade, você já mergulhado no sono. Tenho vontade de te meter dormindo sob o chuveiro, mas não quero perturbar o sono pesado, depois de tantas brincadeiras. Seu abandono, ressonando, me comove.*

"*Abro a porta do quarto, uma lufada de vento varre o aposento eternamente arrumado para sua chegada. Seu pijama sobre a cadeira, a cama feita. Passo a mão sobre o cobertor. Você era um homem quando partiu. Suas roupas estão nos armários,* filho. Será que ainda te servirão? Talvez você possa aproveitar alguma coisa. Mas se quiser se desfazer de tudo, não tem problema. Eu compreendo. Não tenho apego a elas, mando lavá-las, de vez em quando, para que permaneçam macias e perfumadas, mas guardei-as apenas para que você mesmo decidisse o que fazer quando chegasse. Tenho pressa, quero te encontrar logo. Pare de se esconder. Não aguento mais essa brincadeira. Chega, meu filho, apareça, por favor. Veja, estou sorrindo, não estou chateada, mas pare! Caminho pelo corredor, abro as portas dos quartos, acendo luzes, olho frestas e desvãos. Quem sabe embaixo da cama? Finalmente convencida de que você não está, chego à porta do terreiro e chamo seu nome. Talvez lá fora. O balanço vazio oscila, as tábuas estragadas pelas chuvas. Você segura as cordas. 'Se não estou, ninguém cuida?', certamente pensa. E caminha, resoluto, para a oficina de seu pai. Escuto o vigor do martelo a castigar a madeira.

"Não, ali também não há nada.

"A poeira cobre as ferramentas.

"Irei morrer sem entrar ali. Não posso, me dói lembrar seu rostinho esfogueado, as mãos sujas de pó, os olhos brilhantes, de pé em um banco de madeira para ver tudo, crente que sem você seu pai não faria nada. A oficina é silêncio. A casa é silêncio. Estou sozinha com essa saudade. São meus próprios passos as pegadas que procuro.

"As árvores respondem com o farfalhar das folhas.

"Elas também te esperam."

Agradecimentos

Inicialmente, gostaria de reforçar que essa é uma obra de ficção. Todos os fatos e eventos aos quais se faz referência foram modificados para dar organicidade e coerência ao romance, em detrimento do que possa ter acontecido na realidade.

Obrigada a Vivian Wyler, Paulo Rocco e Lucia Riff por terem acreditado neste livro. Agradeço também aos que colaboraram com sugestões ou esforços importantes para a composição desta obra:

Meu marido, Paulo, os amigos Ana Bulhões, Jeter Neves, Alicia Duarte Penna, o editor Sergio Machado, Olga Penna, Eduardo Jardim, Lucilia Neves, meus filhos Raissa, Maira e Pedro, as editoras Anne-Marie Metaillié, Vivian Wyler, Karina Pino, Miguel Conde, Alice Silvério, Bianca Brandão e a agente literária Nicole Witt.

Agradeço, sobretudo, aos amigos Lucas Figueiredo e Paulo Markun, especialistas nos temas de que tratei. Mesmo tão ocupados, eles leram mais de uma vez o romance e me proporcionaram sugestões preciosas e acesso a documentos inéditos para dar bom termo a este trabalho. As observações sinceras e pertinentes do Markun, editor nato, foram essenciais para a finalização deste livro.

Presto tributo a Adriana Lisboa (que tratou ficcionalmente esse tema no esplêndido romance *Azul corvo*) e a Hugo Studart, que escreveu tese de doutorado sobre a Guerrilha do

Araguaia,[1] a qual tive o prazer de julgar a convite de Lucilia Neves e Cléria Botelho da Costa, professoras da UNB. Agradeço ainda a leitura generosa de Laurentino Gomes.

Por fim, gostaria de mencionar o cuidado e a sensibilidade com que a editora Rosana Caiado trabalhou esta obra. Nossa interlocução tornou muito mais prazerosa a conclusão deste livro.

---

[1] *Em algum lugar das selvas amazônicas*: as memórias dos guerrilheiros do Araguaia (1966-1974). Tese defendida na UNB em fevereiro de 2013.

Este livro foi impresso na Intergraf Ind. Gráfica Eireli.
Rua André Rosa Coppini, 90 – São Bernardo do Campo – SP
para a Editora Rocco Ltda.